青年劉克襄的
自然足跡
Footsteps of
Nature

青年劉克襄的
自然足跡
Footsteps of
Nature

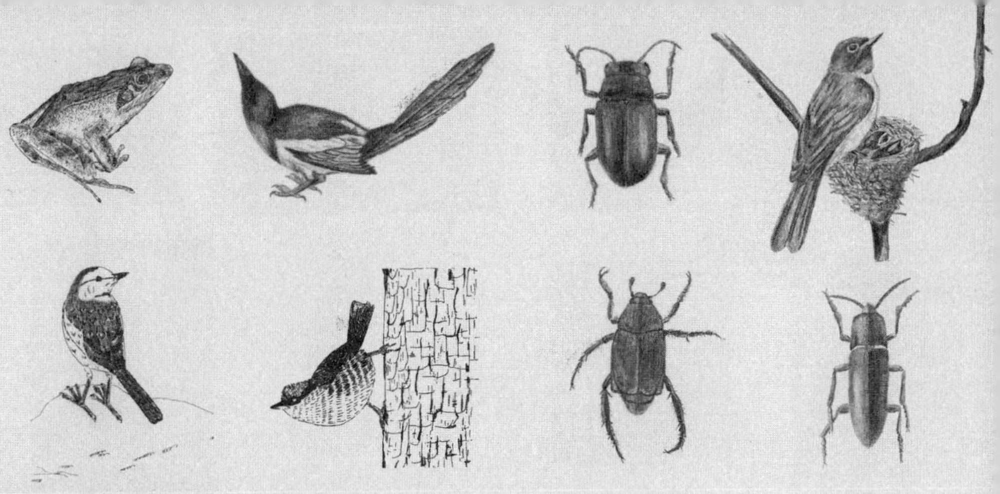

青年劉克襄的自然足跡

Footsteps
Nature

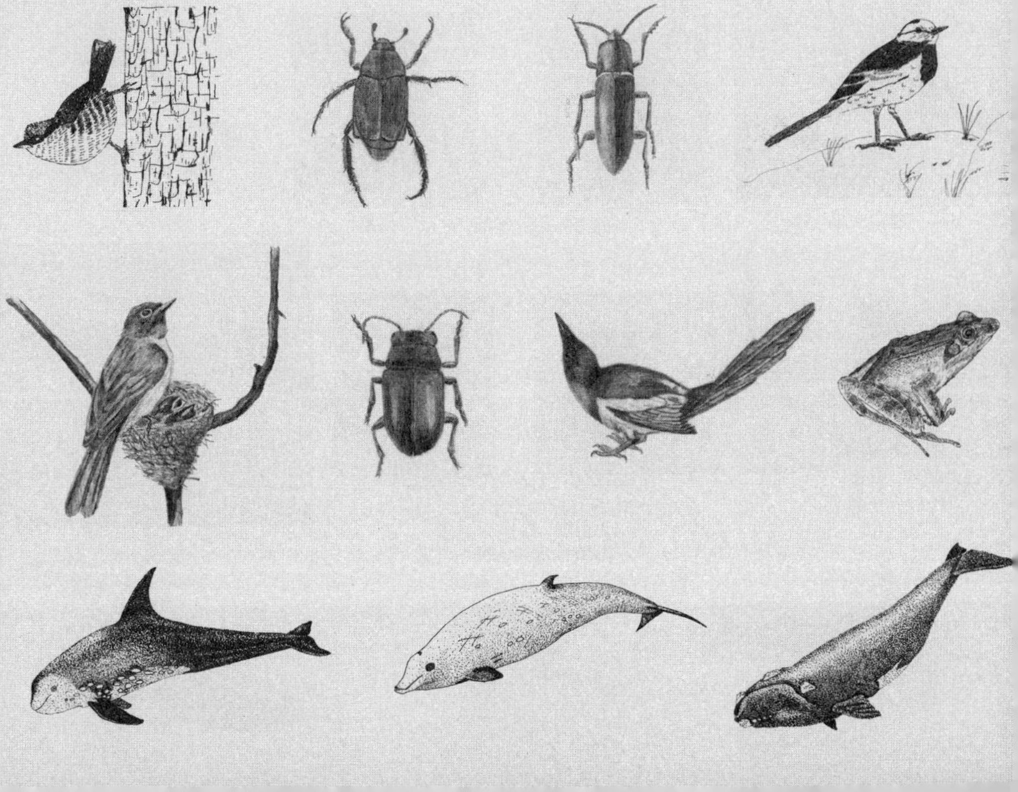

青年劉克襄的
自然足跡
Footsteps of Nature

小鼴鼠的看法。

劉克襄—文　何華仁—圖

晨星出版

【新版序】

老酒新瓶之序

那是背包只裝一顆饅頭和水壺的時代，有一位畫鳥的朋友常陪我旅行。以很長很遠的漫遊，走進台灣各地的郊野。

那是筆記本謹抄寫天氣、路線、客運車資，以及鳥類種數的日子。有時也畫一二幅簡單鳥圖，還不認識的，重要部位會被特別標示，做為日後鑑定的證據。

那是經常走訪圖書館，借閱自然科學期刊的時光。我翻讀各類動物習性行為，尤其是哺乳類。然後，在牠們的世界裡打盹、沉思，前往那兒探險。

我的世界很小，因為原點都是一座島。我的世界很大，因為容下的都是牠們。那是三十歲以前的想望，自然就是詩，更像愛情的純粹、清澈。每回的詩句靈感，都像原野的閃電，釋放巨大無比的力量。但更多時，又是那麼翻轉，靜寂如一頭鯨魚在腳前龐大地擱淺。

假如再回到弱冠之年，我還是想選擇這等日子，只想在那世界獲得滿足。縱使現在上了年紀，每回邂逅詩的疑義、頓挫，心裡頭點燃的，經常還是那麼稚稺的火苗。

第三回的改版和校訂，又逢一個年代過去，我愈發體悟此等心境的簡單。彷彿昨夜一場春雪，打開門，大地又煥然地豐厚一層。

寫於二〇一四・七・七

【初版序】

散文詩，以及集子裡的一些人生插曲

八〇年代中旬時，《小》書裡的散文詩就陸續定稿了。在這個階段，我的旅行背包裡，仍常帶著望遠鏡、自然圖鑑，以及寫詩的筆記本。但投身較多的關渡沼澤區，自然公園成立之日遙遙無期，各地鄉鎮的環保抗爭更不斷發生，讓我深感沮喪，遂停止了淡水河下游的定點旅行，轉而前往八德路的台灣分館，沉浸於早年自然志的爬梳工作。

有一天，在圖書館朦朧昏暗的光線下，當我躋身於空間狹長而清冷的書架間，想要從某些動植物的學名，確定它們的身世時，意外地觸及了不少西方人在台灣的旅行報告。雖然文獻裡講的都是福爾摩沙，我卻彷彿進入異國的世界旅行，好比小說家聶波爾回訪印度時的既疏離又親切。經過一些時日的翻讀、譯注，更清楚湧現一番具體的複雜體驗。我清楚了然，自己飄航於台灣史的書海裡，抵達了某一座島嶼。另一個台灣，一個我不曾相識卻熟悉的家鄉。

那是個很奧妙而新鮮的接觸，開啟了自己另一個知識生活的情境。在這個小小的封閉世界裡，創作有了一個更大的啟蒙。更早時從事鳥類生態保護，以及書寫政治詩時的激越，突然間和自己斷裂了。現代地理探險和動物行為學的磅礴知識，如海潮定時湧來，撫慰我那投身生態保育運動不順遂的茫然心靈。當我有機會再提筆與詩時，詩和自然的關係遠比過去更加親切，進入綿密而貼心的互動。

只是新詩斷行的果決和驚奇，遠超乎我所能承受的負荷。在形式和文意的表達上，此時的我趨於保守和猶疑。散文的拘謹描述，似乎更能貼近我欲追求的情境。有回正巧讀及魯迅的《野草》集子，對詩意濃烈的散文更加鍾愛。於是，以精鍊的散文詩呈現，遂悄悄地成為寄託的方式，進而成為一種習慣。

過去，散文詩的書寫者並不乏人。但在新詩的體例裡，散文詩並非主流，殊少學者和創作者詮釋散文詩的表現形式。每位散文詩的創作者，應該都有自己的定義和書寫時的意圖，卻也不曾形成一個可能而多元的論述共識。

我私自以為，「散文」的敘述功能，大抵是散文詩的主調。只是這「散文」飽含短小的奧義，透過微妙地稀釋、迂迴，再不經意地淬鍊，遂有了新的形貌。

散文詩所欲架構的意象、鋪陳的義理，若全然似新詩既有的分行，有時過於強勢、粗暴，偶爾也難以完整地呈現，或者明確地支撐。連節奏都有相似的困境。散文詩的音韻較少出現切割、跳躍的緊張和迫切。它在紮實地旋律裡，小心地一氣呵成。或者，形成一堅固之曲譜篇章。但相對地，它也容易喪失了留白、停格、圖像等多種美學表達的機會。散文詩形式之不彰，不若新詩和古典詩詞的徹底斷裂，想必這是重要關鍵。

再細論之，單純而舒緩，大抵是散文詩的律動。多數散文詩的起頭，善於以鬆散、漫行起頭；結尾則慣以驚心、寂然收場。俳句的拘謹，新詩的叛逆，都能瞥見身影。散文詩是禪，亦是道。創作者亦必須了然。過去習於此一書寫者，意念多為詩壇之怪異者。習慣了散文詩之表達，對新詩的分行，多少有些疏離，甚至有著小小的背叛之快樂。我在書寫時，屢屢想突破此一規範，也常耽溺於此一美麗小世界的形式。

年輕時，很高興找到散文詩的形式，做為一個階段性創作的探索出口，並循此一形式守舊的規格，表達自己此一階段和自然的關係。晚近回味，依舊充滿輕淺的愉悅。一個詩人能有機會以散文詩，探尋詩的出路，未必是找對了方向。但這過程，帶來更多抽離詩壇時空，更多清楚冷凝的機會。

這次重新集結近二十年前的詩作，除了《小》書的舊作，還找到了更早於那時失落的數首以溼地、河川和鳥類為主題的詩作。所謂「失落」，原來這些詩都係手稿，塵封於早年文獻檔案之間，都以新詩分行的體例完成，當時礙於某種奇特的情緒，並未放入《小》書。這一微妙的扞格，二十年後之今天，才恍然明瞭，應該是格式出了問題。

如今，除了一首保持原來的分行形式，〈沼澤紀事〉組詩、〈遙遠之河〉和〈天池之冬〉兩首長詩，都重新以〈散文詩〉詮釋，一併和〈群的自治〉收錄於輯五〈遙遠之河〉內。為何在新序裡，抒發散文詩形式和節奏之議論，遙遙呼應《小》書舊版寫作年代的情境，這因由大抵便是如此了。

目錄

Contents

輯二 綠色海龜的欲望

輯三　提琴演奏者

輯四　河岸的野餐

輯五 遙遠之河

輯一

空中指標

末世之夢

我是那具騎著殘骸馬的骷髏，高舉著自己的頭顱，桀桀地怪笑著，奔過一座又一座的荒原，向西，追逐著日出。

一九八六・五・十四

火葬

一個老人因迷途死於森林的峽谷，搜索隊的人帶著憐惜的口吻這樣解釋著。在鷲鷹盤旋的天空下，我們找到屍體。離開城市一百里，恆躺入這人類世界的邊疆。我靜奇地默想，滿懷欽羨。

老人選擇了健康而衛生的死法，我愛他。在谷中，為他肅穆悲悼，喝酒，吟歌。造起熊熊的篝火，驅走死亡的陰影。今晚，我也要和我的女人做愛，期盼她懷孕；並慶祝他的變形，從肉身化為虛無。

他現在是碎石、殘草、空殼與枯稈，覆蓋著大地。等待那美麗而清潔的腐朽，等待那雨水和風露的翻新。

一九八六・五・二十八

初夏的意義

太陽又回到亞熱帶了。

有關於生存，去看看，胡蜂重複在冬初的土洞築巢；有關於移棲，去瞧瞧，畫眉從平原遷往森林避暑；有關於繁殖，去聞聞，蒲公英佔領荒野的白毛花果；有關於社群，去聽聽，早來的熊蟬叫聲淹沒平原。有關於自然學的精神，東方尚未復甦啊！蠹魚鑽過一排排史籍，留下思想的刪節號。

於是，我臥躺在草蓆上打盹，夢見南極的十一月，在詩的星空下，自然歷史的國度裡，雄企鵝帶著小企鵝孤立冰雪中，雌企鵝走一百公里的路回來餵育。那時，北極狐各自深入北極心，沒有人知曉牠們跑去那兒做什麼。但我聽見藻類單性繁殖的聲音，最初的我，從海洋深處，遠遠地澎澎湃湃而來。

一九八六．七．十三

蚵殼路

退潮時，灰色天空與灰色泥灘在失去地平線的大地遠方交會著。一輛小紅牛車走在那兒，是唯一的顏色。緩緩向蚵田的夏日海岸前去，木輪，喀，喀，也是唯一的聲音。

那車上的蚵農瞇著皺裂而黝黑的臉看天，天以烈日看他，他們相互看了一輩子。

這一輩子，三合院黃槿老樹旁的蚵寮下，他的妻小與小孩正持著小刀，熟練地將蚵肉挑出硬殼，再小心地放入冰桶裡。且等候著卡車到來，運著冰桶壓過鋪滿蚵殼的小路，衝上高速交流道，前往城裡的冷氣餐館。

一九八六・八・六

回家

蟬的鳴聲。風的靜止。天花板的電扇睏懶地轉動。他咬著鋼筆套，凝視午後的窗外，我從那兒踮起腳尖，露出頭，招手，然後高興地跑進去。他將我抱上大腿，摸頭微笑。那是一本剛用月曆紙包好的書，他在書皮寫上我的名字，「劉資愧」，還有「藏書」、「昭和三十五年」幾個字。屋頂停著一隻中國東北來的藍磯鶇，琉璃朱紅的身子。

秋天來了，他自語著，牽著我走出辦公室。我們經過一間間的教室，橫越操場，準備回到校舍的家。不知媽媽煮了什麼好吃的東西，他又自語著，突然便將我再抱起，高舉過肩，跨坐在他的頸背上。

一九八六・九・一

知床旅情

他翻過圍牆去，留下牆頭上顫巍巍的咸豐草，一片模糊盪漾的綠，學校的聲音和鐘響消失。

靜謐。牆角一隻乾癟的紅蜻蜓。小灰蝶來了，又穿林而出。大盤帽向稻浪的地平線飛揚。白鷺豎頸，雀鳥驚嘩，一列火車復活了。

喀喀的木屐聲漸近，在溪對岸的竹藪裡停下來。酸梅與蘿蔔乾的滋味。吃完便當後，他涉過溪水，坐在鐵橋下哼歌。十七歲的高校生，十二歲以前的曲子，知床旅情。最後，他從書包抽出口琴，完整而重複地吹過下午，陪自己走向很遠很遠的未來。

一九八六・九・三

秋天的大地

學童背著苛重的書包，穿過一棟棟城市的騎樓。不知道這個季節開著什麼花？不知道山裡是否有水獺？他們的鞋沾過很少的泥土。

雉雞在前方的天空奔竄。十二歲的我，一雙泥濘的腳，提著釣桿，穿過芒草林。向一口深井喊叫，貼著鐵軌傾聽，想獲得一些只有自己知道的聲音。

那時，一群婦孺跟在棺木後，走過田埂。我跑去問村裡的瞎子，當我進入天國，留下的世界怎麼辦？

我們不停地出生，不停地做夢，不停地死亡。

鐵灰的河流向鐵灰的海，銅黃的地生出銅黃的樹。

許多的不安乾枯成路旁的野莧，許多的愉悅怒放為滿山的野薑花。

坐在支線的火車上，前往一個不繁華的小鎮。這個島的每個野鎮都在消失，所有的事情都在改變，包括童年；但我已拒絕為現在修正過去。我把它寄存在異域，把頭埋進雙手，因悲苦而寡歡，因孤獨而啜泣。

一九八六・十・一

骨灰

站在家人背後，等著和哥哥見最後一面。閉著眼，和哥哥跑去溪邊玩。她遲疑著不敢涉溪，站在岸邊哭。殯儀館的人將他從冷凍庫運出來，放入棺柩。一個蒼白的陌生人躺在裡面。瞇著笑臉的哥哥從對岸走回，伸出雙手。祭禮、靈車、樂隊、火葬場、焚化爐，一根黑煙囪撐著暗夜。隔天的冬日清晨，冷風颼颼，她打開攜來的黑木盒，細心地撿拾著骨灰。捧在手心，骨灰是溫熱的，這次哥哥真的握著她的手了。

一九八六・十・三

地頂之旅

我返回到處是麋鹿的世界，城市被柳、樺和山楊樹群孤立著。荒野就從每一家的後院開始。像玉山國家公園的地方，這裡有幾千個。十萬隻馴鹿在北方的海岸遊蕩，一百萬隻海豹在南方的礁嶼棲息。山脈有彎角的白羊爬高，低谷有莽撞的棕熊涉溪。

在這世界之頂，永久的凍土帶，兇暴的冰川割鋸著大地，雄野的海嘯撾打著峽灣。超現實的幻景變成真實，真實的幻景變成超現實。

這就是我的目光所及，縱使是低頭，看著腳前，一隻野兔跳過雪地的足跡，都是我一生的不安與寧靜。

一九八六・十・七

洪荒

那一年，洪水退逝後，番鵑從墓地鼓翼飛來，站在隱密的榕樹上，不停地咕嘎。村子各地仍暴露著死去的祖先們的白骨。阿嬤在屋頂跳舞，雞群飛進臥房裡築巢。隔壁的老母狗生下九胎小狗，營養不足下，一個星期內紛紛餓死。發情的水牛，也撞毀了豬舍。我們沿著省公路追回所有豬仔，並且在那兒擺地攤，拍賣所有可以換錢的家具。這以外，村子好靜。田裡一個人也沒有了，每個人都蹲在家門口，每個人都知道阿旺嫂的兩個女兒在城裡的茶室陪坐。直到年底，七天七夜的作醮大拜拜。

隔年，春初，我們搬進城裡，媽媽陸續生下弟妹們。一間六個榻榻米的木房，火車經過時，屋頂的橫梁震落許多灰塵。懷念一塊黑土的大地，稻穗金黃，雀群吱喳啊！許多月光青森的晚上，下半身中風的阿公躺在屋前的長椅，突然清醒過來時，總會帶著弟妹們回到那裡。

一九八六・十・十九

大修

準備入廠的戰艦緩緩泊靠於孤單的危險碼頭，兩輛消防車待候著。一顆顆巨大、銅黃的砲彈自船身卸下。十二輛軍用卡車載滿後，駛往山裡的彈藥庫貯藏。空殼的戰艦也離開，去了如蚌貝的船塢。船塢一張，一翕。海水洩出，戰艦架空，露出倒金字塔的龐碩船體，如年長的藍鯨附滿灰白的茗荷介。水兵像蟻群，紛紛從甲板爬出，攀下塢底，清除溼硬而長滿銳刺的貝殼船垢。直到深夜，洗淨身上濃重的油漬腥味，在全身的傷口敷好藥膏，才疲憊地爬回艙中陰暗的吊鋪。隔壁已失去海水的聲音，船身不再搖晃起伏。一如創作的停竭，我不安地輾轉翻身，徹夜未眠。

一九八六・十・二十二

洞

有關於舊石器時代祭熊的儀式已經描述得太多了。尤其是穴熊的頭蓋骨出現於洞壁的罅隙，或者凹處，好像是當時人類所刻意擺設。

當秋末天氣變冷，穴熊開始四處尋找避寒的地方，牠必須進入過去已有同類陸續住過的石洞。那些穴熊自然已死亡，殘骸早被土狼等動物清除，只剩骨架的鬆脫、破裂，散落在洞壁的邊緣。新來的穴熊再一次清除石洞，這些骨頭且被推入石窩、石眼的暗角。

不管是否有祭熊，或病理學的其他因由，也無足夠的證據支持穴熊在冰河時代的滅種，而同期的棕熊卻能生存至今。主要關鍵還是在洞。一個天然封閉的洞。洞，我們都曾在裡面待過，知道它的陰暗與溫暖。根據胎兒期的朦朧潛意識，也聽過自己的回音：關於死亡與出生。

而冬天時，其他的熊多半在空氣流暢的坑洞隨意冬眠，這種場所較易發現。穴熊需要的隱蔽石洞，卻是舊石器時代人類避冬的家。結果，許多老熊與幼熊未能尋獲避寒的所在，遂紛紛凍斃。再加上冰河末期氣候與環境的遽變，穴熊終於絕跡。

在人類的發祥地，古生物學家尋找著自己的化石。

一九八六・十一・六

嗩吶之歌

一隻白鷺鷥翩然到來，在黑暗的河床，踮起細瘦的腳尖，旋舞著身姿……Ilha Formosa，我的眼睛已經溼潤，妳是肥胖的母親，擁有纍纍豐滿的乳房。

這是一個必須失明的人僅存的記憶。

那時，瞎眼的阿公都帶我去廟口，和一群老人聚會。他們在老榕樹下，蹲著或坐著，抽旱菸、嚼檳榔、談很少的話；像那些被香火燻黑的檀木神像，還有被人摸蝕的石頭獅子，一待便是整個餘生。隔四、五日，有那辦喪事的找上門，我們就跟他去了。等出山，換我牽著他，他吹著嗩吶，混在鐃鈸、椰胡的樂聲中，引領那一搖一晃的棺木前去。阿公是這樣送走阿爸的，我也這樣送走他。但我已記不得流淚，只記得野風颼颼，我埋首疾走，吹出尖厲高拔的嗩吶聲，穿過一片又一片芒草翻飛起伏的大地。

無所謂過去或明天，無所謂開始或結束。我笑了，帶著眼窟空洞的深黑。一個過去的世界繼續著它的完整。

帶著眼窩空洞的深黑，**Ilha Formosa**，我沒有哭。我是漁民，我是礦工。我已經死了很久，繼續死下去。

一九八六・十二・十九

火星黯弱之夜

今晚，頭要靠在哪條冰冷的鐵道？森寒的月光流過枯索的指間，瘦弱的狗蹭蹬於貧瘠的路。

一九五一年，在中部，火星惺忪，我去敲最好同學家的門，所有布爾什維克的理論都被敲垮了。假如開門，全村的人都知道他藏匿一名共產黨。他還有妻子和小孩，要不要應聲？

馬纓丹嗅聞著昔日，嗅聞著多皺折、青筋的臉頰。從未離開野桐的家鄉，血液流著木麻黃的鹹味，愛人永遠是城鎮商紳的閨秀。我已無可改變。

我是農夫的兒子，隔壁阿旺伯的女婿，全村唯一師範畢業的。改學生作業時，紅墨水沾到家鄉的地圖，罪名是血洗臺灣。青年以後，我的一生便和臺灣一起流亡、入獄，並死過許多地方。

一九八七・二・二十一

火海

由山頂鳥瞰下去，我的戰艦從昨夜的海上回來，彷彿毫無倦色地停泊於北方澳碼頭。水兵們攀上爬下，忙著擦洗炮身。

我踅回枝葉遮空的森林，密覆的青苔在鞋底鬆軟的深陷，松蘿地衣撲瀉下來如凝凍的水瀑。一隻飛鼠吱叫掠過，蹲坐在樹洞口啃松果。兩隻雉雞驚急地竄出，又竄入草叢。桀厲的鴞聲颼射四方，穿梭於每個林間深處。然後，波濤洶湧一陣寂靜的而上。這些都是森林的警戒聲。懷疑、不安，許多生命自隱密的暗處打量著我。

我來到一處豁然開朗的草澤，撥開劍立的草林，前面橫陳著深綠的水潭。我卸下身上的軍服，慢慢涉水游去，游抵陽光斜照的對岸，躺在草地裡。日照煦煦，有著做愛後舒暢的疲憊。

戰艦自山下的海岸發出濃濁沉悶的汽笛長鳴。唉，又要出港了?我繼續閉目，堅定地憶起小時，夢想要去當快樂水兵的往事。

一九八七・二・二十二

葬花

他們遊行到橋上，投入滿河的菊花後離去。我站在下游的河口，俯視著零落的花瓣緩緩漂抵腳前。二月末了，暖冬的早晨，仍然能呵出一口濃熱的白氣。一艘駁船滿載貨物，亮起昏黃的舷燈，吃重地溯河而上。許多被人潮嚇走的白鷺又盤飛回來，落腳沙洲，梳理羽毛。

我也看見父親臘黃的臉浮出河面，映過一具具被鐵絲穿綁的屍身，流入死潭的漩渦裡。我瞥過頭去，久久望著黑夜降臨的海岸，等候著記憶慢慢冷卻，凝固成瘦長的岬角，向海投入，化為無止無垠的汪洋。

一九八七・三・五

水族箱

還未進入阿嬤的小屋，陰暗的走廊已飄來燭香。

這是小時走過最長的甬道，理性和勇氣都不能負載。神祕而詭異的味道，沒有秩序、模糊、不可掌握，彷彿來自另一個世界，來自廟寺、神龕背後，和知識、邏輯、上學時明亮多窗的教室截然無關。

我泅泳如一尾不安的魚，長髮束成抖動的水草，呑吐著隨時爆開的氣泡。

那兒也充滿生命的祕密，許多看不見的東西隱聚在每個牆角、罅隙裡，在蓬勃地生長。只有盡處，潔淨的神案上，白瓷觀音泛著玉色柔光。飽亮的額下，向我墜出疏淡的長眉，微微俯視，帶著幽深難測的神情，唇角露出似有若無的笑意。

我將臉貼近，迷惘地，讓香燭的煙光在眼前輝映一生。

一直貼著水族箱玻璃的魚啊……

一九八七・三・十

衰世以後

帶著死亡的記憶出生，我從河口出發。每天，晨曦與黃昏一齊懸垂海平線。為了解脫一切繫累，我在城市賤價販賣過每一種努力賺來的情物，剩下空蕩蕩的心，血淋淋中蹦跳。

反正這只是硫磺世界，石灰人生。我已踩上泥土，踏過青苔，嗅著花香。卅歲以後，清澈的水潭照著，我的骨骼也已刺青，喜歡聽即將消失的神話。而蛇鷹在峰頂盤旋，回去的路從那裡通向陰森壁立的高崖。陽光溢滿眼前的肥胖山谷，我穿過金黃花海的油麻菜田，去溪畔的四、五間石板屋，不單純的定居。

一九八七・三・十五

空中指標

為了避開陸地上的北極狐，在一處離海岸不遠的極圈小島，數萬隻海鳩，還有牠們的小孩，擠滿陡峭的危崖。

小島附近，魚量有限。每天，從各個海域覓食後，飛回小島的海鳩群隊，牠們的方向變成食物在哪裡的指標。愈多的群隊出現，其他準備出海的海鳩更能綜合判斷食物的正確來源，避免外出的迷失，體力的浪費。

成鳥後，我是如此深信，而且清楚洞悉這樣的生活。以至於，每當自己覓食結束，從多霧的海面接近小島時，我總要竭力張開翅膀，並大聲叫喊，讓島上的同伴看見，我從哪個方向回來。

一九八七・三・十九

昭和草

在烽火中，高校未畢業，扛著比自己還長的槍去了南洋，一路被死亡的聲音伴著，在赤毒的陽光下，穿過燠熱的雨林。返鄉後，這創痛仍持續到另一場戰役，您已無法把自己交還給自己。

但有一次，我們捧著傷癒的伯勞，來草原放生。牠闔著眼皮，靜伏在您的掌心，不願離去，十七歲的您說：走吧，這裡不是你的家鄉。

民國四十年了，水里，鐵道的終點，英杰桑，少女の戀い心を知りまおよ?我已站成蔗田收割後的一片昭和草。全年盛開的橘紅小花，都是我望向地平線後低垂的眼睛。我的廿五歲也飄過小溪、水田、學堂，落腳到您家牆腳，結滿白花花的瘦果。

一九八七・三・二十

耕海

從前從前有一群灰鯨，住在一顆星球的海洋上。每年要遷徙五千多公里，帶領子孫回到一處海峽，在那兒和兩萬隻長期滯留的海象會合，共同耕耘這塊海域的淤泥盆地。

牠們一邊工作一邊覓食。灰鯨會探入淤泥中，攝取異腳類的生物，再藉嘴緣的鯨鬚篩濾泥沙，挖出許多橢圓的淺坑。海象也非常忙碌，不時貼著海床嗅聞，翻犁出一條條泥溝，探尋淤泥中的蚶貝。

這時河裡的春雪已融化，挾帶著大量泥沙，向海峽奔滾而來。泥沙多半沉積於河口附近，灰鯨和海象的耕耘讓泥沙翻滾上浮，讓海流再度運送，均勻地散布到盆地的每個角落，適合小生物繁茂棲息。牠們也確保明年有更好的豐收。

後來，這兒開始採礦、採油。海床的淤泥被破壞，蚶貝、異腳類逐漸稀少。連帶的，百萬年後，在這顆星球度過冰河時代輪番惡變與危難的灰鯨，

還有牠們的海象朋友紛紛絕跡。

那以後，每當我經過星球，想起這件事時，雖然知道那兒什麼也沒有了，我總是禁不住向它大聲吶喊：喂，有人在嗎？

一九八七・三

葬禮

窗口傳來火車經過的聲音，我們赤裸著身子驚醒，望著屋子空蕩的角落。只記得一隻蟑螂爬過的瓷杯，泛著黯弱的瓷光，不停地震動。

「他是我們的同學，但那是六七年前，很久以前的事。況且，我已參加過太多葬禮，記不得昨天是誰的。」

「我們好像昨晚才認識，但在城裡的每個角落見過。妳坐回鏡子前梳妝時，我發現又不認識妳了。」

「一畦畦野莧沿鐵道叢生，今天，我要沿著它不停地走路。單獨的時候，我還能夠自語，旁邊有人時，我只會更加孤獨。」

「妳先走吧，我還想等下一班火車經過。其實，我童年時已有這種早熟的傾向。」

「那時哥哥剛剛過世，時間變得很慢，我總是從樹上倒掛著自己，想看一點世界的另一面，或者，把耳朵貼在鐵道上，想聽一些遠方的什麼。」

一九八七・四・十七

地籟

春夜時，集聚在熱帶溼地的岸鳥們，體內積滿了肥厚的脂肪與不安，每對眼睛望向天空，也共同擁有一個深度無窮的黑暗，並且從那兒思索著北極星的光芒。

日復一日，太陽遠離赤道一點，冰雪的緯度漸緩升高，牠們的羽毛也亮麗一些。

最後，在神祕的召喚中，所有胸腔爆滿單一的情感，羽翼負載著理智揚起，隨巨大的風流，發出尖厲高拔的鳴啼，向北投去，把自己交給了天空的渺茫。

這召喚我也聽見了，那是綿亙千里，季風掠過山脊，海浪沖擊海岸，地震搖撼地殼，大地饋贈給鳥類，引導牠們飛返家鄉的地球之聲。

一九八七・五・四

鼠麴草的牆角

塗抹著、塗抹著朱紅的唇膏，整個世界又從化妝鏡裡浮起弱不禁風的微笑。

妳是月光的顏色，猶疑不安的蛋黃。來自鼠麴草的牆角，走了好幾個世紀，繼續是交媾後的母蟾蜍，趁清晨前在井湄排卵，又躲回陰溼的那裡睡覺。妳也是固定周期發情的母鹿，穿過薄暮的森林，和妳的姐妹們，蹲伏於任何擁有領域的牡鹿旁。妳更是月光下的孕婦，撫摸著渾圓的小肚。看見男人的生，看不見自己的死。

塗抹著、塗抹著朱紅的唇膏，妳仍在世界最荒涼的地區流浪，在男人的鎮暴車與刺網前徘徊。妳曾想，從大地伸出一隻隻乾癟的手，向天空僵硬的張開。但妳只伸過來一朵雛菊，還未盛放即凋萎的雛菊。

一九八七・五・二十七

輯二

綠色海龜的欲望

鯨的子孫

詩人起帆於冰蝕的峽灣。孩童們在後尾隨，以旅鼠走離苔原的心情，從高聳陡峭的崖上俯望，一一縱跳而下。飛，飛，飛，飛成千萬隻海鳥，伴護著航向遠方的船。

我們追隨似曾相識的灰鯨南下，前往繁殖場生育後嗣。圓頂凸額的子孫，腦海裡藏著地理分明的海圖，知道遷徙的水線，生死的所在。

我們是鯨。雙手進化為側鰭，時常挺浮海面，噴出丈高的水柱，在七彩的日照下，完成四季的覓食，只想唱歌、遊戲，只有擁抱自己的能力。

一九八六・五・十三

山雀

春天，一隻失群的山雀，徘徊在森林的邊陲。
金屬似的鳴聲，生存欲望的呼喚，留下更多自己的吶喊。
啊！她一直停棲於我城市的高窗。

一九八六・五・十四

愛爾蘭麋鹿（Irish Elk）

向春天的河口奔去。麋鹿群在平原上遷移，一隻緊隨著一隻的臀腿後，疾疾地朝開闊的地平線前進。牠們如何在風雪中辨識方位？為何不單獨旅行？自習課，他坐在教室中，閱讀著一本有關北極的書。所有同學專注地背誦三民主義，距離聯考只剩五十天。窗外，鳳凰樹開花。冰河正迅速融解。冰層時時碎裂、漂移、碰撞。麋鹿群強行涉過，紛紛凍斃、陷溺或者落入冰冷的河中。愈危險時，河口也愈近了。他想，這種天氣，最適合到體育場打捧球，他們一定在那兒。初中離開球隊後，就未與他們見面。柳樹只生長於河口，可提供高養分的熱能，這是麋鹿不惜跋涉千里冒險到來的因由。假若他繼續待在球隊，一百八十公分，七十公斤，左撇子，他可以當一名好投手，何況有三成的打擊率。飽食後，麋鹿再回到草原時，大地已繁花怒放。牠們恣意地在那兒流浪、結伴、交配，生下自己的小孩。翌年春天，再向河口奔去。下課鈴聲響起，他突然驚醒，還未弄清眼前的上飄球，只見著一灘口沫，凝聚在書本的扉頁上。一支球隊在兔兒草盛開的球場集聚。

一九八六・八・十三

天竺鼠

C棟大樓三一〇五室。

每天黃昏打開家門時，他才回到真實的世界。先給蔦蘿澆水，跟天竺鼠聊天。最後坐進書桌前，啜酒，翻書，動身去許多地方。有時是孩提的小學、當兵的營地……有時是陌生的異域、自己的墳場……等酒飲盡了，才疲憊的回來，向天竺鼠道晚安。

繼續在第三十一層樓的某一小房，點亮自己的黑暗，且融入整個城市的夜色。

一九八六．九．一

麻雀之故鄉

張美瑤的海報，榻榻米的家。我們躲在棉被裡，煤油爐咕嚕咕嚕地重複著父親講過的四隻動物的故事。在這個唯一知道的童話裡，我們奔向邊界無垠的水田，遇見了青蛙、蟋蟀與大肚魚。芒草翻飛，河床銀白。這是吹竹笛的日子，麻雀之故鄉。母親從溪邊回來，抖開白亮的衣服，屋簷有許多鳥巢，楊桃、龍眼和破布子紛紛拔高。黑瓦土角厝，永遠以低矮而瘦小的姿勢，佇立在烏日九張犁，比任何建築都屹立不搖。

一九八六・九・十七

關於巨頭鯨

遠在怒濤與巨浪拍打的海岸內，黑夜中的漁村，一排小油燈點燃，蠕蠕地走過草原。那時我才十歲，扛著麻繩緊跟父親後頭。海風中夾雜著鯨群的嘶喊聲，迴盪於陡峭的峽灣。村子的男人紛紛下海，一根根尖亮的魚叉朝鯨群射去，再合力拉上岸，分割所有的鯨肉與油脂，裝到冰桶中，準備運往大陸的城市。冬天時，我們的房子溫暖而光亮。小油燈下，每個禮拜有魚排。這是我對這北方小島迄今的記憶，鯨魚是我們生活唯一的條件。

我已經研究五年。在雷達與聲納的追蹤下，從海上航行到岬角、河口的建立塔臺，還無法確切明白牠們的語言，甚至社群生活，只知道牠們喜歡巴哈的E小調。這首輕快而悠揚的曲子，我一演奏，牠們便像一群小孩，集聚成幾里長的隊伍，吱吱喳喳地伴遊於船尾。有幾隻似乎已記得我。當我站在舷邊，牠們會好奇地冒出，不時地跳躍水面，或者挺立在我的眼前，憨愣地遙望。我將帶牠們去哪裡呢？還是牠們將帶我去哪裡？正如聲納音波的驚疑，雷達掃瞄的隱約，我的小提琴常常愈拉愈不安，愈虛弱。

告別東游的族群以來，海床深了，各種海流混湧著，我們已經感受到赤道的溫熱召喚。前面的小陸地繞過後，海水不再冷冽洶湧。先行出發的母鯨與小鯨們不知安然否，而向東的族群呢？北極星仍在後面，照亮著前方的路。一萬首長詩，寫在海洋上。我們仍在世界最廣闊的生活領域遊牧，嗅聞著祖先嗅聞過的海，一路安心的唱歌遊戲，陪伴著孤獨的地球。

一九八六·九·二十

馬

放學後，他坐在門檻前。黑色的草原，白鳥群匆匆飛離，閃電鞭斥著暴雨，飛沙追趕著狂風。母親在房裡喊他。低著頭，畫一隻馬，什麼也沒聽到。馬有一對翅膀，一隻角，奔嘶著，和另一隻、三隻、十隻，不，是一百隻在草原追逐、扭鬥……怎麼了？

母親走出來，捱近他身邊。他奮力搖頭，不高興地塗掉畫，抬頭，隨便望遠。那隻馬正淌著血，疲憊地走來，探詢他的中年和老年。

一九八六・九・三十

蜻蜓

整個下午，一隻紅蜻蜓在雨中，垂死。螞蟻群爬上牠的身子，慢慢地啃噬，漸漸剩下透明的薄翅、乾硬的空殼。把牠和路旁摘的馬纓丹捧入紙盒裡，稠黑的絲緞打成蝴蝶結，繫上，輕，緊，放在老師的辦公桌。

他永遠不知道是誰送的。緩緩經過長廊時，仍然偷瞄辦公室的女學生，踏著輕盈的步子，走過木橋，春雨終於停了。

一九八六・十・一

林雕的世界

冬天，癲癇又發作的阿嬤在收割後的廢田烤地瓜，那裡是世界的邊陲。地上立著一棵茄苳，和土地公廟，再過去就是草木深綠的墓地。黃昏時，許多黑鳥盤旋著。經常酗酒的阿公還未瞎眼，聽說仍在鎮裡與人開賭館。有次跟媽媽去鎮上，我初次遇見他，他要帶我去當戲子，那兒比墳地還遠，還熱鬧。十八歲已是社會主義者，爸爸教過書的學校最近了，有全村唯一的鐘聲，一千名小孩。他當兵去了，媽媽說的，在一個更小的島，可以看見海。什麼時候回來？沒有人回答。夜深至少還能點起鵝黃的小燈，白天時我們家比夜還黑，只有媽媽的手，白淨而暖熱。我常常爬上屋頂躺望。林雕按時到來，銜著我，飛入最藍最高的天壤。

一九八六・十・十

綠色海龜的欲望

牠們是島嶼的發現者。從大陸的沿岸出發，那兒遼闊的海床是覓食的牧場。牠們已住滿三年，整天嚼食著海龜草。沒有人能確切知道牠們是如何返鄉的。很可能是測定太陽與星辰的位置，或者是從海流中聞到家鄉的氣味，進入茫茫的海洋，半浮半沉，划著兩百公斤的身子，向兩千公里外的小島緩緩游去。這種航行一如彈道飛彈，射出後，準確地落在遠方的靶場。

為了三個月後的遠航，戰艦泊靠船廠，進行徹底的大修。艦首的舵房上正架設著衛星雷達，半圓柱的白球體已經矗立於主桅前。爐艙並未轉機，甲板上仍舊忙碌。每隔三、兩天，艦隊司令陪同其他將領前來視察。信號兵忙著變換旗號，廣播器不時傳出口笛的聲音。

整個旅程中，雄龜群護送著雌龜。接近小島周圍後，牠們開始在浪潮中鬥毆、追逐，並與雌龜交配。在這塊繁殖場的沙岸，雌龜不時登陸，沙埋自己產下的蛋。有些雌龜上岸卻非為了產蛋，只是靜靜趴在海邊，嗅聞著沙岸的氣味，等隔年遷徙時能熟嫻地辨識。

我們前往鎮上，購買一個月航行，三百名水兵所需的口糧，除了彈藥，所有艙房塞滿食品、罐頭與米袋。醫官特別添購盤尼西林，不少水兵也買了保險套。戰艦更在外海試航七天，水兵重新練習天文星象的測位。戰艦將護送一艘運輸船，從東方的一座小島出發，越過印度洋，前往非洲，去那兒裝鈾。

小龜孵出後，第一眼睜開，滿地是沙石，看不見海面。牠們朝發著亮光的地方衝去，那兒就是海。最後又隨洋流，去了從未去過的、海龜草滿地的大陸近海。牠們是海的發現者。

一九八六・十・三十一

企鵝城

一隻隻企鵝從海裡躍出來，站在冰帽上，肥胖油滾的身子飽含著亮光。這裡是南極，南方之終點，所有的方向都是北方。牠們如虔誠的僧侶，大概現代詩人也是如此。一隻緊隨一隻，排成綿綿的縱隊，靜默滑行、搖晃，一天旅行十來公里，深入毫無地物的冰雪內陸。夏天，廿四小時日出。烏雲遮天時，牠們裹足不前，失去方向感。陽光出現，才昂然挺胸，筆直前進。

每隻企鵝的腦子一定有某種地圖組織與生理時鐘，確切知道自己要去哪裡。約莫七天後，牠們進入不確切存在的企鵝城，交配、抱蛋、育子，再遷回海上。這個一時忙碌，因意識而虛構的城市，尚有卅萬隻企鵝，每年夏初建立，消失於風雪中的秋末。

一九八六・十一・二

響尾蛇的夏夜

在非洲。在地球最不想被人知道的隱私。

荒涼的沙漠，多刺的仙人掌，短暫生命的小溪，灌木叢塊狀散布的碎巖坡。漫長的冬日，短暫的夏天。這裡是誰青翠的故鄉啊？

響尾蛇從盤蜷的身子抬頭，豎頸，搖著尾巴，吐動蛇信。一副徹底的滿足與神祕。這是防禦的姿勢，溫馴而善良。牠們離開了冬眠的峽谷石壁，乘暴雨前的夜晚，遷來這裡，探尋每處齧齒類的洞口，並且與異性交尾。鷹鷲仍在打盹，小狼與山貓尚未醒來。

我們的相機對準他們饑餓的眼神，凸垂的肚子，癟乾的乳房。那是灌木叢的黑褐，碎巖坡的傾圮。當我們回到軍人滿街的城裡，向北方發回圖片與傳真稿。他們繼續保持蹲坐、躺趴的身子，在黑夜中圍攏，歌吟著民族的神話。

而去年受孕的雌蛇是這樣度過夏天的：回到牠們住了幾千年的石壁，一隻交纏一隻，保持著溫暖，讓體內的卵巢早日成熟。

一九八六・十一・四

抹香鯨的頭

我遇見了最後一隻抹香鯨，在甲板的剝鯨臺上。

像啤酒瓶的抹香鯨，頭部佔有身子的四分之三。這是全地球哺乳類比例最大的頭，解剖後，裡面多半是複雜的肌肉與油脂組織。當液體的油脂從鯨身汲出，遇到冷空氣時，變成透明而柔軟的晶體，如加了糖精的果凍。它們使抹香鯨足以潛入深海，保持平穩的航行。

烏賊的主要掠食者，海鳥、海豹與齒鯨類，往往在海面表層附近巡食。抹香鯨卻遠離了牠們的干擾，待在二千公尺的深海中，那兒是烏賊的繁殖場。些許光線或者全然黝暗的深海，游動快速的烏賊發著冷光。抹香鯨靜伏不動，張開鋸齒，等待最適當的機會，大口攫取。這是牠的頭部如此碩大的原因之一，而海水的鹹度、溫差與地理改變頗大，抹香鯨的活動遍布赤道到兩極，牠們腦部的油脂又如何克服這些困難呢……

我經常以憂疑的臉情浮出於城市的邊緣，隻字不語，又悄悄隱沒，向黑暗無邊的思索潛航。

我遇見了最後一隻抹香鯨，在自然志博物館的書籍扉頁裡。

一九八六・十一・七

鵂鶹的記憶

河對岸的荒地，裹一襲黑袍的骷髏枯然立著，還有屢次被精密探討分析的城市。

有人在家嗎？一隻鸚鵡喊了整個早上。書桌如荒廢的穀倉，堆滿枯褐的麥稈，鵂鶹從裂斷的窗櫺飛入飛出。他是每天晚上到地下室找巴黎的人，死在一碗鹽漬的萵苣裡……

灰了整季整個地球的天色，雨水已沖刷到河裡，且沉澱了。只有一些如窗緣的汙漬，擱淺於遠方的山岫。

這是世紀末，一個詩人的私事。也或許，不只是這樣……

總之，他已頹老、愚笨，屋裡堆滿卵石、骨頭、貝殼、樹幹……這些小時候的東西。

一隻紅松鼠在窗檯好奇地探望，他靠在那兒。三名小女孩沿著灌叢摘果漿，那是母親、情婦和女兒。而河對岸，是未開發的極圈，一萬隻麝牛在漫游、啃草。

一九八七・一・二

高蹺鴴

從草叢中的望遠鏡看出去，一片黑暗中，渾圓的世界清晰而明亮。

在空曠而有霉氣的禮堂，學生們排排坐著。冬天時，一千隻濱鷸如一隻的起飛，降落，覓食。你打盹於長條木椅上，聽到短笛輕快飛揚的簡單節奏……你穿過愈來愈寂靜的長廊，爬上一棵大樹，少年時的童話人物正從草原上走失，天陲只剩靄樣的星團。對岸的小學校，許多學童在操場嬉戲，他們的眼睛流露著你好奇的眼光。你失掉了自己，嗓音變得粗啞，恥毛不斷密生，而且學會抑鬱。

從草叢中的望遠鏡看出去，我捕捉住我的十三歲，一隻高蹺鴴灰白的纖瘦，在晨霧中，躡著紅足，涉過冰寒的淺灘，突然看到水下另一隻鳥。悚然一驚，雙腳緊併，拍翅一蹬，飛入高空。

一九八七・二・十二

灰雁南渡

每當春夏之交，灰雁展翅飛翔，越過茫茫的綠地，直到疲憊了降下來，眼前仍是一片草原，見不到一粒石子。這就是牠們的家鄉，西伯利亞。

牠們也從未見過北方的雪，雪已撤回極圈，或者當雪來以前，牠們像一條條描繪在天空的虛線，向南方延伸。劃過粗獷的戈壁沙漠，兇暴的喜瑪拉雅山，比冬天還早抵臨恆河平原。

在這片地球的天空，這些連結婚都須經過家族同意的鳥，平原時一隻尾隨一隻，高山時飛成人字型。幾千年來，喀什米爾高原旅行商隊的漢人挑夫、塔里木盆地浣衣的維吾爾婦人、青海荒漠漂泊的藏族喇嘛、恆河平原沐浴的印度教徒，還有他們活了三四千年的戰爭與死亡，沒有人見過牠們。

一九八七・二

狼嗥

一個滿月的夜晚，天空清澈無雲，地上溢滿銀光。一場新雪，全然的死寂淹過山谷後，馴鹿、土撥鼠、貓頭鷹……整個森林都聽到了牠的長嗥。它使所有的心停止跳動，豎立起來。

那是荒野上最美麗最動人心魄的聲音，伴和著大地的寧謐，充滿原始表情與靈魂的揚抑。先是輕柔、急促的短嚎。然後，清楚地升達一個高昂的，滿滿的悲愴。接著，又漸次低沉，沉鬱地沒入黑暗。

春初將臨之際，牠在高崖上，如此孤獨反覆的嗥月，內容大約是有關繁殖、領域與獵食的問題吧！然而，習於團體生活的牠，森林裡的家族伙伴呢？

我聆聽著，猶如一片葉子低垂的靜止，在山平線上，在無風時，抖顫了一下。

一九八七・三・四

牡鹿傳奇

雌鹿們來到森林空地的邊緣，繼續低著頭啃草，如此含蓄的動作，就好像少女們躲在閨房的窗口後，偷瞧著……

每隻牡鹿都深深明白這種儀式。

所以，當牠們開始相互競技，敵對的雙眸也從未容下異性，只充滿生存空間的欲望，充滿增添自己榮耀的閃光。

在這樣不斷進化的動物世界裡，孑然傲立草原，凝視著天空的牡鹿啊！

那就是，隨時與同性扭鬥的我。

爭取最大領域的我。

不斷交配的我。

巨大犄角的我。

一九八七・五・二十六

座頭鯨

——贈別《憂鬱的熱帶》譯者王志明君

生像一隻座頭鯨的知命與漂泊。最後的旅程，從加拿大西海岸出發，回到亞熱帶唱歌遊戲，並且安詳地擱淺在南方故鄉的沙灘。因為從這裡，可以迅速遠眺胡德夫吟唱的大武山。

這就是我所認識的你。結婚以後，繼續穿舊時的暗灰色衣服，繼續經過木棉樹的羅斯福路，手插著口袋，不顯眼地走在人群中。遠遠看去，好像只剩下妻子的黃書包，但裡面是渾厚的，李維史陀對人世的終極關懷。

一九八七・六・十四

小鼯鼠的看法

荒年的路上，小鼯鼠拎著包裹在星夜下回家，經過一口路邊的廢井，向它輕喊，井底傳回深沉的回響。那是我的聲音嗎？牠愕愕地離去。好像有貓頭鷹跟蹤，偷偷竊笑。迅速回頭，突然四周變暗了。有點冷，升起一堆柴火，取出田裡偷來的玉米。流星從遠方飛逝，枯枝不停地爆裂。望著火花，滿足地啃著玉米，臉頰有溫暖的光影流逝。

天落雨了？牠撐著一根姑婆芋，走在龜裂的黑路，回到檜木林的家。撥開遮洞的蕨葉，嗅一嗅洞口，仍然只有自己陳年的氣味。掛上包裹，勉強地排便、磨牙。呵了口氣，天亮中睡去。雨繼續在夢裡、在森林裡落著。

一九八七・八・十

小豬西米諾

上學途中，遇到黃鼠狼。牠偷偷帶我去一處很遠的山上摘草莓。港口就在山腳下，還有連接天邊的海洋。有一艘船正離開。黃鼠狼閉著眼，躺在草地上說，牠曾當過水手，知道船要去哪裡。喔，一直睜大眼睛的我，終於看到，把天空襯得無限大的雪白的海鷗。

升高年級後，我也有了高豎的尾巴，黠慧的鼠臉，而且理所當然的，就是那位跑到城市邊緣的岬角，咬著小刀，矯健地爬上桅桿，持著單筒遠望鏡，看到遠方的水手。

一九八七．九．十九

輯三

提琴演奏者

姿勢

思考，山一樣，冷視著自己，小小的站在曠野上，將試圖擁抱世界的雙手縮回。

這是岸鳥的姿勢，單腳佇立，背向大地，鳥頭悄悄埋入胸羽。

一九八六・五・十

記一個家族

還記得歐桑嗎？一位穿米黃卡其服的中學老師，騎單車沿鐵道下去，穿過黑白的六〇年代，每年暑假我們在溪邊垂釣。

更早以前，我是用想像的，他應有一雙尚未酗酒的手，和我一樣，中國人魯迅的心情，耽慕那一年的上海，甚至東北，雖然這一生從未去過。他臨終時，也只愛談一部長篇小說，關於戰前臺灣，一個客家人寫的。那年我們的話題仍是政治，而我們都說得太多了，這是母親們的感覺。

我當然也有穿卡其服的想像與嗜好，尤其在這個沒有自己名字的年代，那是我遲遲不願生子的原因呢？於是，如我這樣保守的偏激者，中年以後最常待的地方恐怕是書房了。喝許多酒，在夕陽斜照的午後小憩，在遙遠澄澈的童稚呼喚聲中，茫然地悶醒。

這更是一個家族的宿命，所以，嘶聲叫喊吧！小男孩，別跑過草原，請回頭看看母親的臉。我們還不到追念過去的年齡啊，夏天時海邊的白茅也還未盛開。

一九八六・八・八

賣藝人

賣藝人的笛子愈吹愈急，我衝上樓去，慌亂地打開抽屜。穿肚兜的猴子騎單車了？抽屜倒空，什麼也沒有，只好鑽入床下。笛聲漸漸轉弱，繫紅巾的小狗一定咬著小帽出場了！所有角落都翻遍，只剩下妹妹的瓷豬。四周好靜，只有我的心猛跳，笛聲呢！瓷豬已經摔破，我撿起四、五個銅板，跑下樓去。廟口已空無一物。走了！我沿著街道奔找。每一條巷弄都淹滿笛聲，每一個窗口都露出猴子與小狗。我再衝回家去，爬上樓頂的水塔，望向遠遠的鎮外。他們已爬上陡坡，走在長長的大橋上，即將進入另一個城鎮。喂，我向他們竭力嘶喊，揮手。民國五十五年，烏日，冬。

一九八六・九・一

結伴

十二月的雪地上，春天的月色溢滿。奔馳過夏秋的森林與草原，雄鹿變得龐碩高壯，紅棕的身子，飽含銀光。牠也已從競技場回來，一對犄角是冬天最冷峻的枝椏，角尖上仍殘存著對手的血漬，仍亮閃著銀亮的寒芒。

那時，多數的哺乳類仍在地洞裡，牠挺立雪地上，羞怯地走向雌鹿，發出小鹿呼喚母親的聲音，並鼻吻其頸身，舌舔其臉頰，唇咬其嘴角。最後，牠們走向高崖俯瞰，眼眸望向森林，望向未來與世界最遠的天涯。

一九八六・九・一

獵人之心

乾旱與饑荒交互橫亙的季節，他們從沙漠的遠方前來，如六、七隻螳螂的遷移。兩名獵人，一名婦女和小孩。站在營帳附近，三百碼外，只向我索取一瓢水。大羚羊的身姿，貓鼬的守望。斜照的夕陽下，他們比影子還瘦長。日落時，兩堆火升起，我們在不同的夜色裡憩息。我的火堆上架著咖啡壺，他們的火是黑暗中唯一的光。

火給予溫暖，避開危險，免於死亡的恐懼。婦女帶著孩子走到附近的沙丘上，指著南方的晨星。那是獵人的心。他們是獵人、追逐者，以弓與箭。十來人已是一個大社會。基本上，自己是個體的，沒有歷史，祖先只追溯到父親的上一代。一個人只在自己的生活經驗裡度過一生。不向團體，只與自然聯繫。

在一個人從生到死的路上，星子、流雲、小樹和動物都認識他。他和每一件事物都有血緣。自然更是唯一的圖騰。突來的一陣颶風，或在靜寂的夜

中醒來，他都恐懼，並敬畏這個世界。
即將絕種的布希人啊！在母親一樣的非洲。

一九八六・九・四

提琴演奏者

「請你把菸熄掉。」

在南半球的瓦勒巴河岸，提琴鳥的繁殖季起於夏初。春末，靛藍色的雄鳥已在築巢地活動。小小的臥房由兩束褐黃的草叢拱起而形成，門前是寬敞的展示臺。臺上鋪著枯稈與草莖，再擺設許多飾物，如鸚鵡羽毛，甲蟲的部分軀體，藍色與黃色的小花。接著，又覆蓋著主食的蟬，還有其他草葉與瓷白的蝸牛殼。然後，牠飛上展示臺上空，修剪枝葉，讓陽光照進來。森林中，這些飾物在陽光下溢滿輝煌的金碧色。

北海岸的十一月。他們駕著BMW沿公路奔馳，目的地已不重要了。玻璃彩球在車臺的凹槽滾動，好幾次轉彎時幾乎掉下來，又滾回另一角。這是車內唯一的聲音，回應著整條路上的疾風與濃密的雨絲。兩條雨刷上下，刷出前方模糊的路況。他又點燃一根萬寶路。

求偶開始，牠站到旁邊的高樹上，威脅其他雄鳥的接近，並發出從其他動物學來的高昂奇特叫聲。當雌鳥出現，牠便銜起飾物，鼓著靛藍的羽毛，昂首闊步，在展示臺來回走動。同時，發出輕柔的召喚聲。

休息站加油時，她仍待在車上。他順便去商舖買咖啡、香菸和熱狗。車子繼續出發。他握著方向盤，一邊嚼食，一邊收聽熱門音樂。她一點也不餓，玻璃彩球仍在滾動，外面的風雨也未減弱。

雌鳥仔細的觀察著，陸續到來的追求者。

一九八六・九・十一

小鼓手

每當媽媽在廚房時，小鼓手就敲著鼓，澎、澎、澎地開赴前線去打仗。我們和所有士兵一樣，藍色的大盤帽，紅色鵝絨的軍衣，鑲白邊的黑褲，從我的房間出發，挺進於大草原上。砲彈隆隆聲中，我們總是走在最前頭，並肩衝鋒……

直到火災那天，逃到街上，才記起他仍在家裡。我邊哭邊叫，爸爸仍然緊緊抱住我。只看著一團火光從房子冒出，向大草原席捲而去。濃煙轟滾中，我無望地看著，看著……突然聽到鼓聲了。是他，小鼓手，他沒有陣亡，仍然奔馳於戰場。我噙滿淚水，咬緊下唇。別急，小鼓手，你看遠方，我也奔來了。我們仍然和過去一樣，在火影隆隆聲中，澎、澎、澎地向前挺進。

一九八六・九・二十五

一名三十歲的女子

在鎮上的幼稚園教書，月薪九千元，四千元寄給母親，二千元每週日去臺北聽人講「莊子」，七百四十元認養金，領養一名小孩，其餘是生活費。

認識七十歲的和尚傳印師，他們是忘年之交。初冬時，園裡那隻屎尿失禁的老狗死了。她把自己的相片一併放入木箱，帶往傳印師居住的宗祠，葬埋於後山。那陣子，例假日，每回上山，她都到墳前探望。傳印師知道了，勸她說：「牠消受不起。」愛之越分了，也是罪過，這下她才大悟。

春天，她再去探望時，墳上已長出一株小樹，比周遭的草木還綠。

一九八六．十一．十六

喇嘛記

整個世界的最初，是一片保持良好的凍土。然後，綠色的苔原，以及，冰川退走後有陽光的遠方雪峰。穿藏紅法衣的和尚駐足清澈的溪邊，寺院在山麓上，日照從那兒反射著強烈的金黃光束。

而真正的歷史也一直重複著，如一支來自中國的商隊，犛牛慢吞吞地走，發出咯吱咯吱的裂聲，空氣中洋溢著灰塵、香料與茶磚味。

這一切的見證，有沒於土層的，更有化入寺院發出的海螺聲，從對山回來，在山谷裡久久的震盪。漸緩地，又重歸寂靜，靜得只聽著高山壁立的肅穆、自己惶惶的心跳。

我走下迴廊。從塔頂灌進的黃昏，使陰暗的地方更加陰暗，且沉澱為莊嚴。糌粑，這一生的食品、飲料和安慰劑，它的香氣在此處流溢。我裝滿一碗，並敲下一小塊茶磚，放入貼身的旅行小袋裡，回到柱子旁安身的角落。

這時，黑暗醒來，睜著無數星子的眼睛。禿鷹已回到枯樹上打盹，所有人坐在他應坐的地上。香煙繚繞，法事以單調愉悅的聲音進行，只剩閃爍的酥油燈，和發出暗弱紅光的香燭，如我冥思的氣息，撐著一絲點的光亮，遊走於宇宙間。

一九八七・一・十一

詩人大夢

留下一個最美麗的謊言，在地球上流傳。

當孩子們醒來，推開窗口，我們是最早抵臨的露水，在清晨的草葉裡閃亮。我們是最後一次的退潮，刷出最廣邈的沙灘。

地球繼續彎著，彎著二十三點五度的身子，俯視孩子們在那兒，在自己的懷裡蹦跳、叫喊，像熊貓翻個筋斗，像海豚躍出水浪。

孩子們也挽著手，從每一扇窗探頭，沒有人穿相同的衣服，沒有人持相同的旗幟。白天，他們牽彩球的飄揚。夜夢，他們擁地球的肥胖。

留下一個最美麗的謊言，在地球上流傳。

這是一個人化石以前，化石以後的情感，如海洋撫慰著岬島，大陸呵護著湖岸。

熊貓的中國，海豚的臺灣。

一九八七・一・二十九

我們的家族使命

清晨，是誰踩過我們家的後院，去森林裡摘食草莓？秋天了，伯勞會不會再來，蹲在欒樹上的枯枝？我們的白耳畫眉已遷離高山，搬進了野桐林；筒鳥也已換好羽毛，飛往更南的小島……

孩子，你知道我的意思嗎？我站在每一條街道的盡頭等你，我們背後的陽光，陽光下的鳥聲、蟲鳴也都在等你。

等你學會走路，帶你去觀鳥。讓你像初生的小狐，對一草一木感到好奇，讓你被刺莧扎痛，讓你被鵝群戲哭，讓你在草地打滾，全身沾滿泥土。

在這塊土地，我們將留下最大的林原、最大的天空，讓你的十五歲，走完這個島的四季，廿歲，記載它的自然史。

一九八七・二・十九

輯四

河岸的野餐

美麗小世界

清晨的時候，田鷸從草叢裡探頭。

一會兒，牠悄悄抵臨溪岸，靜靜地，伸出長嘴。攝食。

然後，退回草叢……

整個冬季，沿著大肚溪，散布在沼澤的田鷸們，如此棲息著，等待著春天。

只有東北風南下，從海上登陸，潮水起落間，濱鷸群不斷地移位，依偎著，躲避寒流，度過憩息與覓食的生活。

小水鴨也以相仿的動作，相互取暖與關愛。還有蒼鷺、小白鷺……

這是河口，兩岸如佛陀的雙手攤開。

沙洲是浮游的鯨群，湧向大海。

所有水鳥在廣邈、平坦的河床上，在最寒冷的季節裡，漸漸群集、群集，一百、一千、一萬隻……

清晨的時候，藍磯鶇在霧中孤獨遷移。

牠佇立石磯上，觀察洋燕貼著水面飛舞。

洋燕群後是灌木叢的沙洲。灰翳的天空，紅隼挺立。

沙洲過去，又一條溪道橫陳，每一處空曠的水域裡，牛背鷺豎頸守候。

荒蕪、枯褐的芒草中，老鷹搖擺著羽翼，緩緩飛出。

這是下游，城市與工廠麕集兩岸，鐵道與公路跨越河床。溪水默默，彎入市區，運出汙物，朝水鳥群居的河口流去。

晨霧消失以前，夜鷺自黎明歸來，洋燕逐一回到橋墩。

藍磯鶇繼續孤獨遷移，從南岸到北岸，在溪道間漂泊棲息。清晨，牠佇立石磯上。黃昏，牠佇立石磯上。整季冬天，牠佇立石磯上。

清晨的時候，小心地溜轉眼珠的鉛色水鶇，有同伴隨後鳴叫著，警戒四周。牠們以自己為中心，規劃出生活的領域，禁止同類侵入。

這是上游，翠鳥飛掠水面，捕捉小魚。河烏潛入溪底，啄取小蟲。

兩岸蒼鬱的闊葉林懸垂，山鳥相互追逐，以聲音聯絡，在樹林間旅行、

嬉戲。牠們的鳴啼響徹溪谷，不停地附和著溪水。

溪水，穿過岩石與樹林的空間，從一處山脈轉折，陡落到另一處山脈。結伴旅行的小剪尾，出現每一段水道，鳴叫著，警戒四周。告訴世界，闊葉林下的溪流是牠們的天地。

清晨的時候，杉林濃密黝黯的深處，短急、淒厲的嘯聲劃破天際，這裡是紫嘯鶇的家。

山澗與湍瀑錯綜的林心，空地經常有奇特的聲響，可能是藍腹鷴剛剛離去，或者是一群竹雞的集聚。

在日出以前，牠們全部完成覓食的工作，只留下靜寂的杉林。

只留下峽谷上空的開闊，讓與雲族去流浪，以及蛇鷹與烏鴉高高盤旋著。

盤旋著，守護著一條溪的源起。

一九八四．七

河口的春潮

當招潮蟹返回洞穴時，大白鷺終於豎直長頸，向整個世界警戒起來。潮水正緩緩穿過牠高瘦的雙腳，流向廣闊的沼澤。

在異鄉的旅館裡輾轉翻身，緊鄰的公路上，每一輛駛過的車子都壓過他。

一群群岸鳥不斷驚起，盤飛。還有黑尾鷗群，被季風颳到對岸，先是無聊地聒噪、爭執，最後還是安靜下來。

走道上響著水壺不停煮沸的聲音。有人在收拾昨夜的餐盤，也可能傳弄著清晨的早餐。天亮了嗎？還是夜才黑不久，壁上的掛鐘繼續發出相同的擺盪聲。

只有蜘蛛順著風吐絲旅行，斑蝶沿河道翩然翻飛，牠們朝溫暖的南方遷移，彼此相遇了。海中的烏魚與溪裡的鯽魚，也交錯而過。

肚子裡一陣翻湧，所有穢物吐於昨晨的報紙。不知何時，淚珠從眼角滑

落，在最不安最混亂的意識中睡去。

靜靜的內陸河灣，小鷿鷉已捕食到幼鯛，紅冠水雞在夜裡看見小水鴨北返。等季風躲入林澤，潮水疲憊地漲抵小溪。牠們搖著尾巴，撐著吃飽的肚皮，回到草叢，繼續蹲伏著臥蛋。

這以後，在未竟的旅程裡，他一如往昔沒有抵達哪裡，只走過許多相似的地方。

大白鷺再度睜眼時，河口已從汪洋變回泥沼。在水底下睡了一陣的招潮蟹，重新露出一張一翕的大螯。於是牠兩腳縮併，起飛，再度將天空收放於羽翼之內。

一九八五・三・三十一初稿

一九八七・五・二十重謄

遠離城市

懷著長期擺脫工作，前往海岸旅行的心情，一頂遮臉的寬邊軟帽，一雙藏著稻香的步鞋，一只懸垂胸前的望遠鏡，一個比天空還澄藍的背包。站立草原，無所事事的和世界對望。

那時，我坐在離開小鎮的支線火車上。一輛前往不重要地方的慢車，白蒸氣冒著，從火車頭飄浮到地平線。大部分的時間，它穿梭於森林，每站都停。小小的車站，只有土狗和站長，很少學生、生意人，一些鄉下農夫帶著包裹和痲袋，抱著雙頰紅暈的小孩，講著方言。

我覺得坐膩時，在其中一站下車，像一個剛退役的軍人返鄉。眼前沒有公路和指示牌，每一條蜿蜒的小路，都要走，走，走卅公里的路去，一如初春覓食的喜鵲，擁有廣大的生活領域。下一個鄰居可能在三、四公里外，遙遠的山谷，只聽到伐木的聲音。

我像孩子般唱歌，唱著幼年所學的，仍跟那時一樣，沒有一次哼完整，且記不得歌詞了，只記得在放學回家的路上唱過，在溪邊戲水時唱過，在遠足的路上……

前面是哪裡，其實並不重要。夜深以前，我總會找到一家很少人知道的農舍。在那兒借宿一夜，像睡於自己的家。明晨醒來，不必打開窗探頭，太陽已為我升起。我會像松鼠出洞，有張惺忪滿足的臉，被陽光照著。

一如野鳥觀察者，在他的水田、小溪與林子，我什麼也不留，只留下足跡，留下心思。最後向他保證，絕不告訴別人這條山路、這個場所。不告訴別人，我做過什麼。

一九八六．五．十七

國家公園

愈大愈好，包圍所有城市。這裡是我們最早遺下的古蹟，森林、岩石、草叢比教堂更莊嚴、神聖。只有告示牌、幾條蜿蜒的泥土路，幾間散落的小木屋。歡迎進來！進來，沒有引擎聲。為了看見更多、感受更多、享受更多，每一個人都用走路、騎單車。每一個孩童的最後一堂課，都在這兒旅行與冒險。

一九八六・五・二十二

從高山到海岸

三月末，在城市和森林的邊緣，我們家的蒴藋開黃花了。而後院遠方，那兒是高山寒原，去年冬初的雪，此刻在融解，恍若殘褪的記憶。雪地裡，紫花龍膽也顫巍巍地綻放。

我們有序的清理棉衣，藏入檀香味的木櫃底層，且戴小帽出發，背包裡有圖鑑和望遠鏡。如一隻三千公尺的朱雀，離開厚密的枯巢，胸膛酡紅，徜徉於溫陽綠野。牠和我們擁有共同的喜悅，闃靜地觀察四方，準備採取甜美多汁的漿果。

那時高山湖泊也醒了，鴛鴦從枯木洞探頭。這是一對年輕夫妻，以嘴喙撥開草叢瞭望世界，好像今春結婚的我們，翻閱著初戀時的長信與情書。蜻蜓劃過水面，蛙鳴徹夜鼓噪。興奮的蛺蝶科，衝動的膜翅目。隨月弦之盈虧，交配、產卵、孵育。這心情，如男人豎耳，輕趴妻子的小腹，我們都聽見，冒芽與破殼的聲音。

我們也聽見，毬果從針葉中成熟的爆裂，星鴉拍翅嘎嘎，從山下漂泊回來。且聽生活是首必須忍耐的單調的歌，人們從周末的鄉下回到周一的城市。習於聲音交往的畫眉與鶯科鳥類悚然靜止，在雲霧上升如潮時，紛紛趕入針葉林。黑夜以後，我們的眼神相交貼慰，以祥和的鼻氣與規律的脈搏度過長夜，世界只剩下松蘿與地衣懸垂，只剩蟲嘶悄悄來淹沒。

我們更須忘記過去的腥殺，在祖先曾輪番血泊的他鄉與故園，在冷雨與梅雨之間，在最熟稔的闊葉林之下，穿過白色的野薑花叢，穿過家鄉雨量最豐沛的季節。那是千萬隻林鳥啁啾的日子，我們互依林下守望，學習樹的伸展，以枝葉的牽挽，蔚成一片墨綠色的山巒。

這樣蒼翠清新可以望遠的季節呵，我們已經忘記寒冬的形容，更何況秋天的蕭索。當馬纓丹怒放著花蕊，當五節芒挺立著青稈，那些看到河床與荒地也流淚的政治罪犯，還有飄零異域的鄉人歸返他們的鄉土時，憤怒過度後的我們，如何重新心情歡迎他們。一列整齊翩翩的白鷺，飛越陌陌水田復返森林。

西南風已從海上出發，我們又如何送別準時遷徙的候鳥與鯨群。想想牠們北方多雪的故鄉，多麼可懼啊！向一個陌生的地域陳述鄉愁！我們只是沙鴴，學會在南方築巢。讓黑潮上來吧！撞擊我們溫熱胸膛的海岸，讓我們並肩，伸出雙手，久立迎風坡，掬滿陽光雨水，從鹹溼的細沙潮間帶，捧回冰雪的地衣苔原上。

一九八六．八．一

沙島

只有沙島知道，虱目魚是不流淚的。

小學畢業，父親開始帶他出海，每次都到沙洲住個十幾天。幾隻沙鴴在那兒棲息，生死於一片沙的世界。海風與浪的吹打下，沙島每天都在變化，只有牠們如候鳥按季節到來，一代傳一代，看著遠方一艘艘類似的船，從這個海平線前往那個海平線。

只有沙島知道，自己軟軟的腹地是虱目魚的家。

颱風過境時，父親跟其他往昔的村人一樣，出海後杳無消息。一千隻虱目魚橫陳沙灘。他們都接受了沙島的召喚，躺入它日夜不息，與海爭執不休的疆域。

隔天，風雨依舊，他仍然駕著竹筏趕往沙島，每個漁民都趕去，去重架蚵枝，去看護一片蚵田。沙鴴飛回，重新劃分領域。

一九八六・八・二十六

E小調的森林

是藪鳥的警戒聲嗎？一路彎轉隱沒的古道，一方通往山下，一方回到林心。有人來了，又走了。那恐怕是父親和喜歡喧鬧的伐木工人吧，還有比他們高壯的鐵杉，踏過木馬橋回來，圍聚在舊車站後，木屑味濃厚的工廠，通宵的喝酒、唱歌。灰色的記憶，湮遠的綠色。

在碑前供奉一束野菊，滿足的微笑。拎著捕蝶網的學童，牽著弟弟，如雨後的陽光，穿過陰溼的森林，路上已飛滿鳳蝶。他走著，走著，回頭再看自己十歲時的模樣，還有那山。再度聽到深山鶯的鈴聲，那抒情詩的節奏，伴著他兩邊來回。

一九八六・九・九

碉堡

碉堡中，他從褲袋裡摸出一顆彈珠
暗綠半透明的小珠
罅隙的壁孔，光
一隻燕鷗貼著海面掠過
去哪裡了
突然深長而陰溼的洞窟飽漲
向另一個世界通去
昭和廿二年。山洪
沒有河岸的溪
嫖妓。四色牌。瞎眼的祖父
回到三張犁的土房編竹器為生
組黨。解放。中分頭的父親

遠在高爾基故鄉一萬里外的小島流亡
改道的溪水仍在河床
彎過一個沙岬後，消失於另一條溪中
一個小村落，一個黑毛的胎兒出生

一九八六・九・十

星期日的亞洲

秋天時，我們全心注意著，來自天空的飛影與聲音，從窗口、陽臺，從公路、河岸，從任何可以望遠的地方。

黃色的天空，永遠星期日的亞洲。我們也按時前往大肚溪，記錄下氣溫、潮汐與鳥種。在瀨戶內海觀察的藪內君，想必已收穫不少。守候漢江的金光熹呢？從極圈來的旅鳥，他應該和我們一樣都看到了吧！

這些，以及那些，關於鳥之種種，還有圍繞鳥之事物的自然，都是沒有國界，天壤無限的，亞細亞之愛。

一九八六・九・二十四

熱帶雨林

在赤道與北回歸線間的一個小島旅行。潮溼而高溫的綠，在空氣中，不停地飽滿。一連五日，我們穿過雨林。沒有雪與草原，夢已失去冬眠。隊裡的鳥類學家來這兒尋找一種特有的角鴞，牠已瀕臨絕種。每當夜幕低垂，我們便模仿牠的鳴叫，但只聽見自己微弱的聲音，一去不回。當地的土著嚮導說，沒有聲音，森林就會消失。於是我又憂心的失眠了，整個晚上，竟是把臉頰貼著地球，並且伸出手臂，彎過去，緊緊抱著。

一九八六・十・二十五

南極之愛

漂泊信天翁展開雙翼時，是世界上最大的鳥。以瀕臨絕種的最大漂泊，漂泊著。牠們棲息於南極附近，聶魯達的南極，「無限／終極於此處／萬物在此開始」我聽到，賊鷗在風雪中鼓翅的淒厲嘶吼，企鵝幾十萬隻圍聚城堡的沉默。牠們的家鄉也跟我的一樣，在被海水孤離的荒涼小島。

海軍服役時，鎮日閉鎖艙房的我，睡夢中都去過那裡，用詩和望遠鏡，近距離觀察。直到今天，仍然沒有多少人了解牠們，這些不善於陸地生活的海鳥，只想飛，沿著南極海岸飛，每個月飛一萬公里，每一年繞它六、七圈。

一九八六・十一・二十

極圈以北

在冷高的黑暗旁，冰雪也封凍不了最後一塊大地的想像。我將去那裡喲，在最暖的七月，化身成細長頸身的豆雁，看護著花海的草原。或者是肥胖圓滾的白鯨，群游於微溫的河口。而至於我那失去森林與沼澤的祖國，想起她瘦瘠如岬角的身子，還有日後多鹽霧的厲風、惡黑的兇水，我的隱痛愈來愈深。愛是退潮，死已漲滿。

他這樣敘述著，裝扮成世界上最後一種流浪的人，沒有人記得他的名字，但他記得每個人的愚騃和貪婪，每一朵花下的碎石與土壤。

一九八六・十二・十九

島嶼之歌

涉過那片海水之後，下一塊陸地，有沒有大黃大綠的黃槿樹在旱地裡挺立？有沒有持續鳴叫的小雲雀在天空迎風？沒有見過極地的冰雪，冬初南下的烏魚和座頭鯨會說些什麼？

沒有見過熱帶的颱風，春末北返的豆雁和灰面鷲會問些什麼？

茄苳樹下一間小廟，土地公守著一方小小的土地，三百年了，祂又會知道什麼？生活在許許多多的不知道下，一座村子通向另一座村子，一個阡陌連著另一個阡陌。天空給我們流雲的答案，大地給我們溪水的回音，我們還需要什麼？

那時，阿公吸著菸蹲在田埂上，阿嬤捧著蘿蔔乾曬在馬路旁，整個大地的悲苦都蹲在那兒，整個島嶼的乾癟也曬在那兒。我們仍然像一隻隻豎頸抬頭的白鷺，仍然凝視著稻田連天。火車穿過時，飛上天空，又搖搖晃晃降下來。遠遠望去，是那一排排枯褐著自己的木麻黃。

一九八六・十二・二十一

黑島

純粹地，玄武岩之島嶼，風化於海的沙漠。在廣闊的潮汐和我日夜簇擁下，形成聳踞的石柱堆。遮天的燕鷗來回，穿掠過波濤的澎湃，築巢於陡峭的岩壁，莊嚴地完成生存與死亡。

是的，滿月的冷光下，你又聽到它深沉的寂靜漫瀾開來，像鬼蟹沙沙爬滿海岸。熄燈的書房漸漸飽漲潮水。一萬隻遷徙中的磯鷸，悄然飛落，在這自然界最驚悸的一霎。而你以一生，以你渾厚交疊的憐愛，迤邐成縱深千里的沙灘，烘托出牠們的孤零。

一九八六・十二・二十二

邊境之旅

卅歲以後，朋友漸漸死去，只有做愛增加了。好像搭火車去過哪裡，在這鐵道最密集的溫帶，但下車的地點老是同一種城市，同一種餐廳。一塊全熟的牛排，兩片軟胖的麵包夾著，城市裡現在就是流行這種速食，地球也是這樣。

茶繼續泡開，咖啡繼續燒煮，菸繼續點燃，夢繼續偷渡。夢繼續偷渡，且在黎明的邊境被槍射殺，在鐵絲網上懸著，風吹著。

每個晚上，警車經過、救護車經過、垃圾車經過。總有一些窗口亮著狐疑的鵝黃燈光，暴露著大量製造文字的人，作家、政治犯或者其他鼻息喘息、憩息、歎息的聲音。白瓷的菸灰缸上，一根孤獨燃著的菸，我們都在裡面燒焦。

夢繼續偷渡，在黎明的邊境。且被槍瞄準，且去教堂，去交往仍穿絲襪的女子。在明天仍遙遠黑暗時，在一家小旅館的白被單裡，從頂峰俯瞰滿坡

滿谷的白雪，且放手滑去，滑到這世界最深最無邊無垠的角落。

一九八七・一・一

海洋之河流

在下個世紀，我將如罹患絕症的父親，彎著年輕時即微駝的背，乾瘦的手臂青筋浮凸，突起的顴骨面肌緊繃，兩頰也被許多的憂患拉扯，陷落下去，只剩眼睛，流露過悲淒神色，仍大而明亮。那時，他突然遠從家鄉北上，前來探訪孩子，坐了一個午茶的時間，又搭車匆匆南下。

這是一個反叛過自己年代的人，老是把手插在褲袋，老是望著天空。

海洋之河流，大陸的島嶼。

請還我一個每天只停一班火車的小站，一條清晨時鶺鴒母子悄悄走過的石子路。我的家在不遠的墳場旁，稻穗鋪曬在廟前的廣場。我在溪邊戲水，哼歌，聽到上面的木橋咯咯，小學教書的父親提著釣桿，永遠的走過。

一九八七・一・二十二

冰河峽灣

冰川撤離後，兩個世紀內，峽灣裡發生了許多愉悅的事。先是蓬鬆的苔蘚匍匐著，遮蓋了光禿的沙石，瓦解、腐化它們。接著是低矮貼地的仙女木，濃密簇生，伸出蛇身的橘黃小花。這時灌叢林相的榿木已從邊陲三兩入侵。廿年後，仙女木消失。再來是厚葉的三角葉赤楊，佔滿陽光的天空，榿木群零落地退回邊陲。然後是高大的樅樹、鐵杉，完成了植物演替的最終階段。

這就是我們初來時的峽灣。它們一層疊一層，積壓成地層的黑色泥碳，從山上沖刷下來。我們一鏟鏟挖回，鋪成雪地裡，無數條交錯通往世界各地的黑路。而你們，你們這些在路旁出生的小孩，將要死在這些前面沒有星星的路上。

一九八七・一

岬地的誕生

岬角的基部是海蝕地形，雨林寂靜地繁盛著。誰的眼睛不安地眨闔，沒入隱密的林心，並且飛成鸚鵡七彩的驚亂叫聲。

這兒離大陸不遠，我已進化好一些年代，但乏人調查、鑑定。

我聽說，最初的歷史記錄裡，海盜們在此發現北方的新航道，所有物種多半和大陸隱隱關聯。我的悲鬱因此更加縱深，是晝伏夜出的蛇蜥，藏匿於岩壁的罅隙。而整個洞口外是未開發的亞熱帶，眺向更遠的南方。洞內恆溫，飽滿正常的溼度。陽光穿越時空，等待消失的信天翁回來。

一九八七・四・十八

在中國前線

稻穗在廟口舖曬著金黃的死亡，牛車運載著裝滿屍體的麻袋走過。昨天的槍口尚未冷卻，今天繼續瞄準跪在眼前的中國。

活著必須比死去承受更多苦痛，死去的仍然懸在茄苳樹下的吊環擺盪。一條河還未流到海口就已枯乾，鵝卵石暴露著它的荒旱。

蔦蘿垂滿傾塌的花架，蝴蝶出入高爾基陪他度過晚年的書房。仍然只有陰風與冷影緩緩，在晚清的瓷瓶裡流轉。

我因為父親，十八歲就已死去的父親，認識未曾謀面的他。

那是一個被多重誤解的年代，每次從他的窗口望出去，我會看到福爾摩沙，看到大陸中國全境。還有它們如丘陵連綿、高山起伏的歷史。

他們比我更勇敢地接受絕望。縱使只有一株蒲公英，生存意識已經超越腳下的安全島。楊樣！是不是如此呢？

我將以詩與鮮血
去阻止中國的下一場內戰。

一九八七·五·三十一

河岸的野餐

有一記闃靜而巨大的召喚，籠罩著亞熱帶炎夏的空曠。這寂寂的午後，我躺在走廊的搖椅裡，凝視著灰濛濛的遠方，感知死亡自周遭蔓延而上。像鳥類學家為一種鳥奮鬥一世，鹿野忠雄七訪雪山。橿鳥從山裡拍撲飛來，叼我回臺灣的大靈魂。

一九三九年，我的出生就已開始，阿嬤牽著九歲的父親，撥開重重的野塘蒿，穿過收割後的廢田，空氣裡沉澱著麝香味。火車穿過遠方的鐵橋，他們坐在紫雲英的岸邊，吃著飯糰的野餐。從那兒，鐵灰的沙洲攤開我層次寬廣的記憶。夜鷺也將它托高，盤旋在黃昏低垂的天空裡。

我的家族在哼一首民謠，我的小靈魂聽著。生像大霸尖山的雄壯，死如淡水河的淼茫。

一九八七・六・一

輯五

遙遠之河

群的自治

在下一次戰爭中，大多數人死去，歷史和銅像消失了。我們結束留種以外的進化，只剩近親交配。

我們回到森林，永遠缺乏離開的能力。一個森林一個小群。群，十五人左右，形成自治保育區，一個固定的繁殖與食物領域。

——一九八五

天池之冬

連綿的冬雨離開後，島嶼彷彿結束感情的戀人。在潮來潮去的大海旁，山腹裡積聚的雨水是未帶走的信物。最後，草花漫漫，綻滿池畔。

日落之前，幾隻水鴨按時飛來。一些灰白的亂羽，脫落了。那是海上暴風雨的遺跡，水鴨們將它留下。在這潮溼的草澤畔，在這深靜的山谷，生命的重量如此輕盈著。無風時，悄悄吹散。

夜深時，牠們隱入草澤打盹，渾然忘記外海的風浪。除了努力活著，來不及思考未來。只有青竹絲吞吐著蛇信，緩緩地爬出蜷伏的岩壁。果子狸悄悄地爬上樹，一起幫忙森林偷窺。

樹蛙們也抵達池邊，徹夜鼓噪，期盼更暖和的季節到來。角鴞的幽鳴則相互答唱，表達了夜晚最適當的問安。山鷸呢？更匆匆掠過林空，即將遠行的喀笑聲，神祕地投向夜色。熱帶雨林寧靜的混聲合唱，乃終結於此一高潮。

相信我，這裡是粗礪的南方島嶼，無法歸納生物地理的環境。地球最小的最大優點。擁有溫帶的和順脾氣，缺乏侵略性而脆弱。夜晚屬於人類的邊陲，日出時才回到文明世界。

那時，山腳將有土著伐木的咚咚聲。他們早已選定好出海用的船板。水鴨們則飛往外海，打算和山鷸出發，向北極星的光亮，探詢返家的方向。

一九八五、三

一九七八年

暴風雨吞噬鱈角的沙洲小屋時
亨利・貝斯頓先生已經辭世五十餘年了
認識他嗎

當年早返的岸鳥
岬角的小草小花們
牠們的子孫是最後的見證者

生活在地球的另一端
每周旅行一次島鄉的我
望著他經常凝視的大熊星座
清楚知道，歷史將忘記這個人

他只熟悉鳥類和岬角的世界
只熟悉，那麼不起眼的博大
以及精深。我則以一個陌生人的
孤獨，由衷地遙遠懷念著

一九八五、三

（註）亨利貝斯頓（Henry Beston），美洲賞鳥人，一九二五年，在鱈角沙岸隱居一年，做四季的自然觀察，完成《最偏遠的小屋》（The Outermost House）。一九七八年二月，一場暴風雨帶來巨浪，將小屋捲入大海。

沼澤紀事

1

一隻貼飛河面的稀有澤鵟，驚亂了蒼鷺的隊伍。我發現牠時，已是天地裡很遠那兒的一個微小之黑點。

那是一九八四年末，某一尋常年代的恍惚日子。從去年秋末以來，牠遠離了家鄉一萬里，徘徊於南方的沼澤地帶。

在此人世紛爭又起落數回，依舊擠不出一個保育區的空間。澤鵟繼續孤獨地無意義滑翔，繼續為那一小黑點之存在的價值而努力漂泊著。

2

春末時，旅行於廣闊的農耕地。一群金斑鴴掠空而過。短促而穩定的憂鬱鳴聲，厚重而實在，似乎預示著遷徙已經開始。

那是一啟程日夜不停的三千里飛行，準確而單純地回到北方家鄉的感情。小小意志的堅決不移，常使我罹患人類長期歷史的衰弱病痛，且困惑地，痴望河的下游。下游之兩岸。岸後的城城市市之零亂堆疊。

3

公寓包圍的荒野裡，經常有低沉而持續的哀鳴聲，從隱密的草澤裡傳來。望向那兒的窗口大而明亮，但也愈來愈多的人聽不見了。

那是只能棲息於此的紅冠水雞。牠總是黃昏時才出現。在空曠的泥沼地，以身子的暗黑，羞怯地痴望著。有時又好像很不好意思地，遠眺到清楚的燈火城市。從人類掌控地球後，牠如此凝視到今天。

4

去年冬天，按時飛進草澤的紅嘴鷗，重新感受到初夏的溫暖，彷彿回到西伯利亞的繁殖區。一對潔白而寶藍有序的羽毛，冷靜地抖落最後的冰雪記憶，不再焦急地漫遊了。

今春冷雨時，牠們依舊停棲於河口的沙洲。遷徙的衝動正轉化為澄澈的遙遠召喚，且接受了跋涉的困苦。現在那種不同於初臨時的飛姿，亮麗得有點像是雪化了。河水解凍，草原的野花，在冷瑟中搖曳。牠們喜愛挺飛於寒風中，婉約地測試新羽。

一九八五、一

遙遠之河

1

大霸尖山的冬天，細雪經常悄悄抵臨，積封成冰。然後，滴落。一滴，緩慢地，尾隨著一滴。匯聚成冷冽的山泉，匯聚成陰森的澗潭，再匯聚成小溪。

小溪是大霸尖山的動脈，兩岸杉林纏綿著闊葉樹。烏鴉粗啞的叫聲，響徹山谷，林雕寬闊的展翅，盤旋天空。還有隱密的山羌、水鹿和黑熊，留下足跡在林間。

原始的風貌一直沿溪下山，陡落，急降，陡落，形成更大溪流的平緩。卵石纍纍，河床才逐漸開闊。於是，旅人的行蹤，挖土機的車痕出現。於是，小茅屋坐落著，村莊坐落著，城鎮坐落著。於是，大溪挾著繁雜而豐沛的生命出峽。

一座都市的面積如扇面開展，灰黑而龐大地出現。清澈的大水挾帶著淤泥，邂逅了下水道的汙物。最後，一條混濁的溪流，將我們的生活顯影。

淡水河。遙遠的河。五百萬人沿岸陌生的棲息。大霸尖山已隱匿，在雲層上方。

2

凌晨三點，駁船開始暖機，像呵氣一樣，自冷凝的空氣中裊裊冒煙。我豎起衣領，涉過沙洲，登上船首。恍若馬偕初抵北台灣，神留給了我，全世界最美麗的地方。

潮水正緩緩上漲。水音窸窣，娓娓伸展，如生命的發端。我靜靜吸菸，水霧緩緩浮升，自星空間。黯黑的河面在飽滿中成長。

這裡是淡水河。冬末，駁船擱淺沙洲。左岸是化學工廠，煙囪比鄰櫛立，濃煙雲起。機器的撞擊聲深沉而龐大，擺盪出河水的不安。右岸是城區，瘋狂後終於安靜。燈火在衰弱中，整個城一直很疲憊、焦躁，缺乏睡眠。

我的背後群山層層相擁。那裡是山羌、水鹿和黑熊的家鄉。那裡是淡水河的源起。新店溪、北勢溪和大漢溪如手套突伸，進入細雪祕密積封的高海拔山區。

潮水正緩緩上漲，船長點亮舷燈，鍋爐迅速地旋轉。駁船抽離沙洲，抽離兩岸，抽離不安、混濁的下游。

我們朝河口啟航，離開人群都市，離開習常的生活經驗。駁船要經過龐雜灰黑的沼澤地帶，穿越枯萎灰褐的藺草原，進入盎然青綠的紅樹林，一直抵達廣袤金黃的沙丘。春天、陽光和水鳥群在河口，形成穩定的溫煦色澤，在終點徘徊守候。

3

早晨的第一波聲音，從堤岸雜沓而來。那是鵪鶉穿梭於五節芒中。銀鈴般的鳴聲，揉合著灰白的花穗和綠稈莖的飄揚。

早晨的第一個姿勢，漁人划動小艇，從河中奮力地拉網。吳郭魚翻滾，鱗光閃著強勁的生命。小白鷺掠過船首，忙碌地朝河上游的覓食場飛去。

河水迅速分過兩舷，駁船駛入河心。兩岸頓時遠離，沉睡。駁船沿著河道大圈彎繞，劃出一整個夜空的星稀月疏，天際模糊而灰白。磯鷸在曙光中鳴叫，交錯著潮水聲。牠貼俯水面，貼著我胸臆的平靜，安穩地朝河口消逝。我則以額頭的冥思審視地圖，駁船正穿越沼澤地帶。

一隻紅嘴鷗如期出現，想來已經棲息一季，河水泛漫，牠筆直劃過。我知道，中洲里三角洲抵達了。基隆河開闊地與我們邂逅。一萬隻濱鷸和水鴨的休憩出現。秋末以來，牠們生活於藺草原間。駁船經過，牠們漫飛於夜空，提醒我們自然的奧妙和神祕，繼續龐大的存在。

大地只剩下牠們的叫聲，觀音山還未醒，兩岸也繼續酣睡。只有第一期的秧苗含著晨露佇立，抖顫。田鷸偷偷地走出藺草原，年幼的鯛魚隨潮水上溯，招潮蟹紛紛避進泥洞，彈塗魚跳躍河面。這裡是北台灣最大的藺草原，最深層的都會之心。左右橫亙三哩，滿岸鳥啼。

我們到處遇見漁船往返。一百年前百噸帆檣曾經林立，卸下磚瓦、藥材，裝上樟腦、茶葉。我拉起測深繩，水高六呎二。這是駁船最低航行區，往昔八呎三。一九八三年，只剩下賞鳥人來溯河。駁船的小舷燈最亮，沒有雕飾龍頭的大商帆，沒有滿載槍械的小汽輪。左右橫亙三哩，滿岸鳥啼。

4

駁船穿出台北盆地，離開濱鷸與水鴨。天空的灰白滯留舷尾後，我們是早起的晨霧，陽光出來之前，靜靜地沒入紅樹林。

這裡是最繁忙的交通區，來自四面水域的牛背鷺，向八方的山巒飛去。這裡是淡水河的腸胃，過濾上游和河口漂來的殘物。分解後，又運回原地。這裡是食物鏈的指標，澤蟹攀附氣根覓食，紅冠水雞浮游林中，玉蜀黍螺懸垂枝葉，夜鷺佇立林上小盹。我相信那是個大圓滿的秩序，簡單地涵蓋了所有的複雜，進入生態複雜的紅樹林後，駁船變得很小很小了。

我惘然地繼續吸菸，四周已無城鎮和水田。山水相連，倒影相映。無數小魚游近，河水再度清澈。駁船已經接近河口。天色泛白，一片沙丘金黃，等著我們抵達。

凌晨，駁船已經停機，潮水滿了，我們任船漂泊。隨波停靠沙岸。一隻魚鷹徘徊上空，尋找著陽光的出口。牠的羽翼鼓滿，彷佛以一己之力，頂著整個天色在低飛。最後，奮力盤旋出一個春初早晨的明亮。

我攜起背包登岸，這裡是淡水河口。最遙遠的河口。沙丘緊偎海水。金黃蔚藍是鄰居。我將漫遊沙岸，學習魚鷹的飛行和尋找。

我回頭凝視，星子睡著了，大霸尖山已經隱匿在雲層的上方，旭日的光芒從山後升起，潮水不再洶湧，優柔地撫觸潮汐區。水鳥群換上夏羽，在潮水起落間，在陽光之下，追逐覓食。

我長坐沙灘上，潮水也撫觸我的腳尖、腳踝。寒涼而溫暖。這裡是淡水河口。最遙遠的河口。春天、陽光和水鳥群在這裡，形成穩定的溫煦色澤，在這一終點和起點，長時地守候。

一九八四・一・十六

輯五

遙遠之河

國家圖書館出版品預行編目資料

小鼴鼠的看法／劉克襄 著.何華仁 圖.——二版.——臺中市：晨星，2014.07
面； 公分，——（自然公園；068）
ISBN 978-986-177-880-8（平裝）

855　　103010315

自然公園 068

小鼴鼠的看法〔新版〕

作者	劉 克 襄
繪圖	何 華 仁
主編	徐 惠 雅
校對	劉 克 襄 、 徐 惠 雅 、 張 沛 然 、 沈 詠 潔
美術編輯	尤 淑 瑜
創辦人	陳銘民
發行所	晨星出版有限公司 台中市407工業區30路1號 TEL：04-23595820 FAX：04-23597123 E-mail：morning@morningstar.com.tw http：//www.morningstar.com.tw 行政院新聞局局版台業字第2500號
法律顧問	甘龍強律師
承製	知己圖書股分有限公司 TEL：（04）23581803
初版	西元2004年10月31日
二版	西元2014年07月20日
印刷	上好印刷股份有限公司

定價250元
ISBN 978-986-177-880-8
Published by Morning Star Publishing Inc.
Printed in Taiwan

◆讀者回函卡◆

以下資料或許太過繁瑣，但卻是我們瞭解您的唯一途徑，

誠摯期待能與您在下一本書中相逢，讓我們一起從閱讀中尋找樂趣吧！

姓名：＿＿＿＿＿＿＿＿　性別：□男　□女　生日：　／　／

教育程度：＿＿＿＿＿＿

職業：□學生　□教師　□內勤職員　□家庭主婦

□企業主管　□服務業　□製造業　□醫藥護理

□軍警　□資訊業　□銷售業務　□其他＿＿＿＿＿＿

E-mail：＿＿＿＿＿＿＿＿＿＿　聯絡電話：＿＿＿＿＿＿＿＿

聯絡地址：□□□＿＿＿＿＿＿＿＿＿＿＿＿＿＿＿＿

購買書名：小鼴鼠的看法〔新版〕

·誘使您購買此書的原因？

□於＿＿＿＿＿書店尋找新知時　□看＿＿＿＿＿報時瞄到　□受海報或文案吸引

□翻閱＿＿＿＿＿雜誌時　□親朋好友拍胸脯保證　□＿＿＿＿電台DJ熱情推薦

□電子報的新書資訊看起來很有趣　□對晨星自然FB的分享有興趣　□瀏覽晨星網站時看到的

□其他編輯萬萬想不到的過程：＿＿＿＿＿＿＿＿＿＿＿＿＿＿＿＿

·本書中最吸引您的是哪一篇文章或哪一段話呢？＿＿＿＿＿＿＿＿＿＿＿＿

·請您為本書評分，請填代號：1. 很滿意　2. ok啦！　3. 尚可　4. 需改進。

□封面設計＿＿＿＿　□尺寸規格＿＿＿＿　□版面編排＿＿＿＿　□字體大小＿＿＿＿

□內容＿＿＿＿　□文／譯筆＿＿＿＿　□其他建議＿＿＿＿

·下列書系出版品中，哪個題材最能引起您的興趣呢？

台灣自然圖鑑：□植物 □哺乳類 □魚類 □鳥類 □蝴蝶 □昆蟲 □爬蟲類 □其他＿＿＿＿

飼養&觀察：□植物 □哺乳類 □魚類 □鳥類 □蝴蝶 □昆蟲 □爬蟲類 □其他＿＿＿＿

台灣地圖：□自然 □昆蟲 □兩棲動物 □地形 □人文 □其他＿＿＿＿

自然公園：□自然文學 □環境關懷 □環境議題 □自然觀點 □人物傳記 □其他＿＿＿＿

生態館：□植物生態 □動物生態 □生態攝影 □地形景觀 □其他＿＿＿＿

台灣原住民文學：□史地 □傳記 □宗教祭典 □文化 □傳說 □音樂 □其他＿＿＿＿

自然生活家：□自然風DIY手作 □登山 □園藝 □觀星 □其他＿＿＿＿

·除上述系列外，您還希望編輯們規畫哪些和自然人文題材有關的書籍呢？＿＿＿＿＿＿

·您最常到哪個通路購買書籍呢？□博客來 □誠品書店 □金石堂 □其他＿＿＿＿＿＿

很高興您選擇了晨星出版社，陪伴您一同享受閱讀及學習的樂趣。只要您將此回函郵寄回本社，或傳真至（04）2355-0581，我們將不定期提供最新的出版及優惠訊息給您，謝謝！若行有餘力，也請不吝賜教，好讓我們可以出版更多更好的書！

·其他意見：＿＿＿＿＿＿＿＿＿＿＿＿＿＿＿＿＿＿＿＿

晨星出版有限公司 編輯群，感謝您！

請填妥對折裝訂，直接投郵即可，免貼郵票

廣告回函
台灣中區郵政管理局
登記證第267號
免貼郵票

407
台中市工業區30路1號

晨星出版有限公司

贈書洽詢專線：04-23595820#112

請沿虛線摺下裝訂，謝謝！

晨星自然回函有禮，好書寄就送！

只要詳填《小鼴鼠的看法》回函卡寄回晨星，並附寄40元回郵（郵寄工本費），自然公園得獎好書《在鯨的國度悠遊》馬上送。

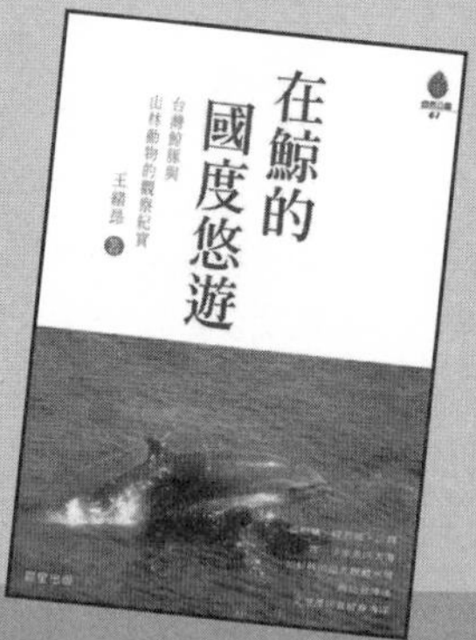

定價：200元

晨星自然

天文、動物、植物、登山、生態攝影、自然風DIY……各種最新最夯的自然大小事，盡在「晨星自然」臉書，歡迎您加入！

晨星自然網

晨星出版有限公司 編輯群，感謝您！

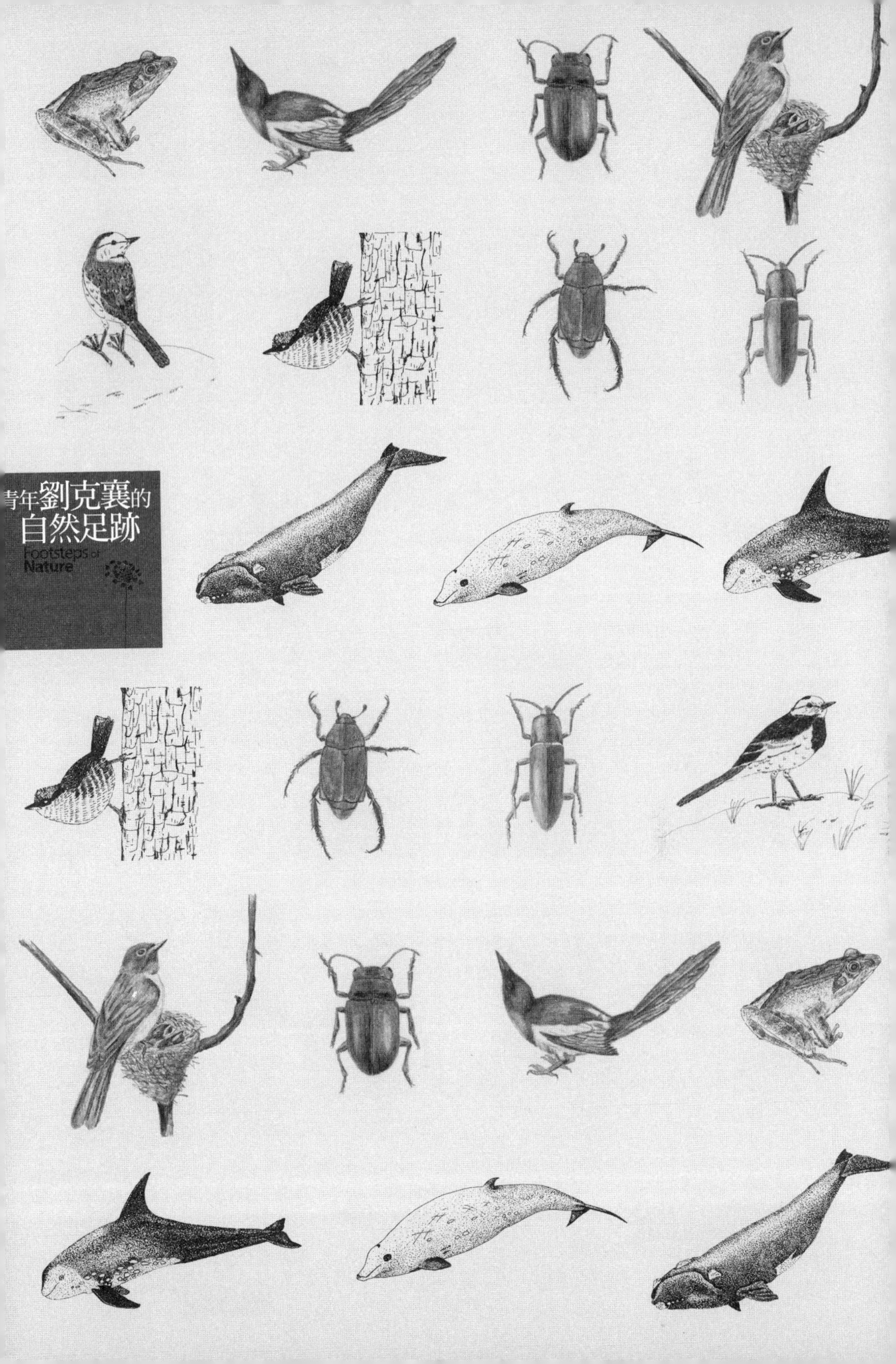
青年劉克襄的
自然足跡
Footsteps of
Nature

青年劉克襄的
自然足跡
Footsteps of
Nature

青年劉克襄的
自然足跡
Footsteps of
Nature

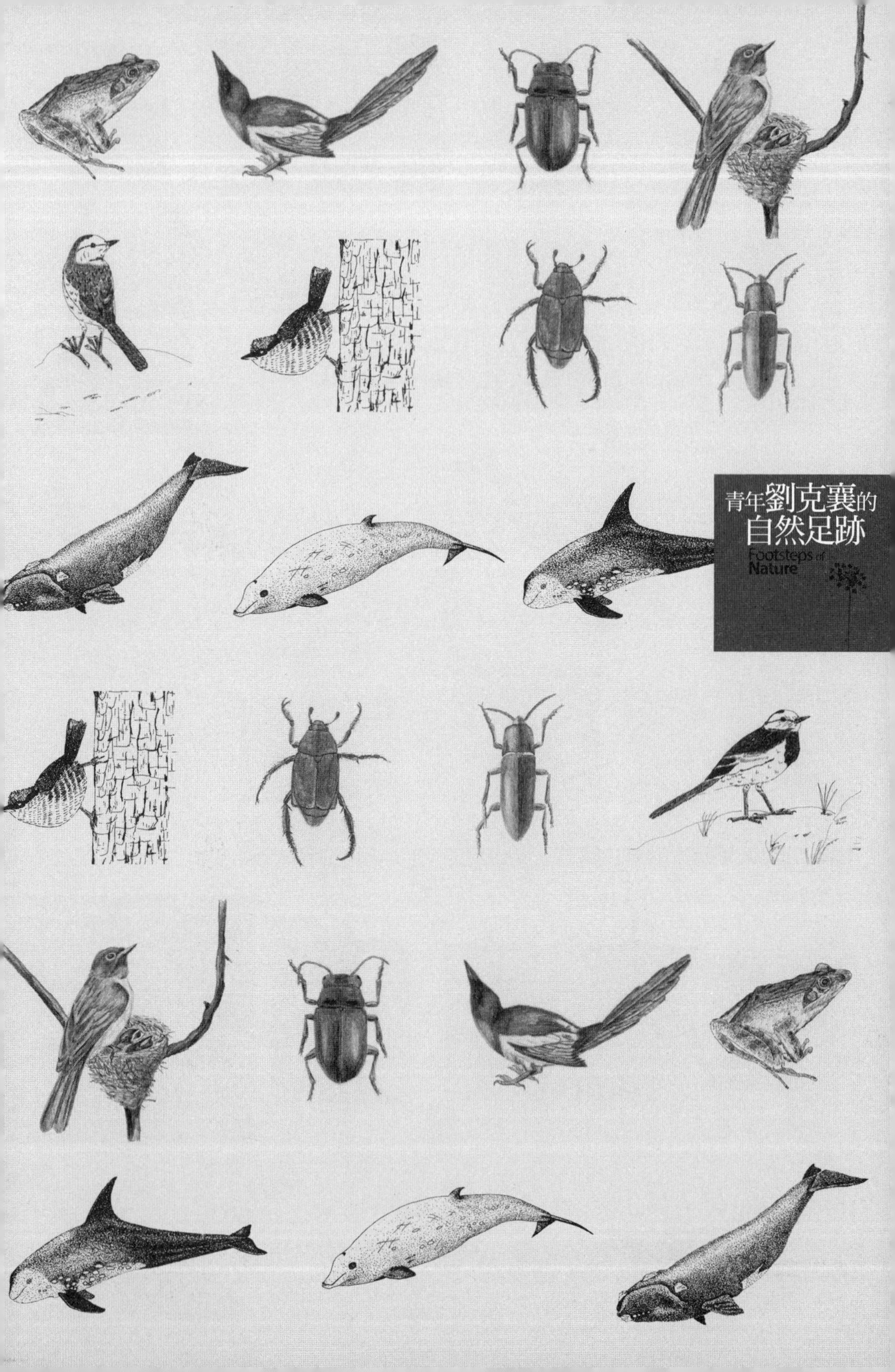

青年劉克襄的自然足跡

Footsteps of Nature